新装版 眠り姫はひだまりで
~私だけが知っている、
人気者な彼の甘い素顔~

相沢ちせ

●STARTS
スターツ出版株式会社

カバー・本文イラスト／奈院ゆりえ

大切な大切な寝床で出会ったのは、
「ちょっと俺Ｓ入ってんの。許して？」
　俺様な王子様でした……!?

　天然眠り姫・松本色葉×ドＳ王子様・水野純。

　イジワルな彼に振りまわされて、ドキドキして、キュンキュンして……。
　もう、もう……私の安眠を返してー!!

「おもしろいねー、さすが『癒し姫』」
　笑顔が素敵な、王子様かと思ったら。
「うるっせぇなぁ。口ふさぐよ？」
　……イジワルだったり。
　けどけど、やっぱり優しくて……。

　"クール王子"が、私にだけ見せてくれる甘ーい笑顔。

　ひだまりのような私の寝床。
　王子様の、となり。

眠り姫はひだまりで
～私だけが知っている、人気者な彼の甘い素顔～
登場人物紹介

松本色葉（まつもといろは）

眠るのが大好きな高校1年生。"癒し姫"と呼ばれている愛されキャラ。みんなには秘密にしている空き教室でのお昼寝が日課だったのに、突然、イケメンの"クール王子"純に邪魔されて…。

丸井ミオ（まるいみお）

色葉の小学校からの親友。大人っぽく、頭がよくて、頼りがいのあるしっかり者。色葉の秘密を唯一知っている、よき理解者。

contents

stage 1
眠り姫の寝床	10
イケメンさんと"はじめまして"	19
クール王子？	27

stage 2
彼のふたつのカオ	40
キスのワケ	49
ある日の休日	57
ドSな王子様	63

stage 3
空き教室での恋物語	74
眠り姫のひだまり	79
はじめてのメッセージ	87
思わぬ再会	93
好き、だからこそ	98

stage 4
"好き"と彼	114
過去と今	120
突然のお誘い	126
縮まらない距離	132
不穏なウワサ	144
私と王子様	151

stage 5

バザー委員	170
戸惑うのは、きっと	183
裏庭で、王子様と	198
すれちがい	205

stage 6

彼の素顔に	212
お姫様のように	218

stage 7

素敵なお誘い	228
惑わせるのは、ふたりの王子	245
大和のウソ	251

stage 8

二度目の後悔	262
私の大切な人	273
大好きな王子様へ	283
数年越しの、初恋を	293
私のひだまり	305

あとがき	316

stage 1

眠り姫の寝床

　——ジリリリ……。
「……ん」
　私は布団から右手だけ出して、さっきからうるさく鳴っている目覚まし時計を止めた。
　そして、また温かい布団の中へもぐりこむ。
　さっきから、何度もこれを繰り返してるんだけど。
　もう、三度寝、四度寝くらいかなぁ……。
　そんなことを思いながら、また夢の世界へダイブした。
　……もう少しだけでいいから、寝かせて……。
　けれどそこへ、1階からお母さんの声が響いてきた。
「色葉ぁ——‼　あと10分で8時よ———‼」
　ばちっと、勢いよく目が開いた。
　布団から飛び起きる。時計を見て、目をみはった。
　ウソ⁉　え、もう7時50分⁉　なななな、なんで⁉
　なんでって、そりゃぁ……4度寝もしたからだよね‼
　うわぁ———ん‼　私のバカぁ———‼
　急いで階段を駆けおりて、私はリビングの扉を開けた。
「おはよう、お母さん！　優馬！」
「おはよう、色葉」
「おはよー、姉ちゃん」
　私の名前は、松本色葉。近くの高校に通う1年生。
　家族はお母さんと弟の優馬と、今はとなりの県でひとり

暮らしをしている専門学生のお兄ちゃん、真人がいる。
　お父さんは、私が中学1年生のとき、病気で亡くなってしまったんだけど……。
「おはようっ、お父さん！」
　テーブルの近くの棚に置いてある写真に向かって、毎朝欠かさず行っている、あいさつをする。
　それから急いで朝ご飯を食べて、やっと制服に着替え終わった頃には、8時10分になろうとしていた。
「わぁぁぁ！　あと15分で遅刻になっちゃうよぉー!!」
　半泣きになりながら、靴下を履く。
　それを見ていたお母さんは、「週に3回は見てるわよね、この光景」なんて優馬と話している。
　ううっ、言い訳できない！
「いっ、いってきまーす！」
　家を出た瞬間、全速力で走りだした。
　ひいっ、さっむーい！
　顔に、容赦なく冬の冷たい風が当たる。
　そういえば、今日から11月なんだっけ……！
　月のはじめの日から遅刻なんて、したくないよー！
　必死で足を動かしていたら、なんとか1分前に学校に着いた。
　お願い、間に合って……!!
　ヘロヘロになりながら、廊下を走って教室のドアに手をかけたとき。
　——キーンコーン。

まるで、この世の終わりを告げるみたいに、チャイムが鳴った。
　……えっ。
　ガラガラ……と開いたドアの向こうには、あきれた顔をした先生と、必死に笑いをこらえるクラスメイトたち。
　え、ええぇ！　まさか、遅刻!?
「……松本。そんなマヌケな顔してないで、早く席に着きなさい」
　先生の言葉に、何人かのクラスメイトがブハッと吹きだした。
　……ひどぉ。
　たしかにさっきは、チャイムの音に信じられない思いで、ポカンと口を開けちゃってたけど。
　私はしょんぼりしながら、席に着いた。
　周りには、いまだに笑いをこらえてる人もいる。
　先生、早くなにか言ってー!!
　そう必死に目に訴えると、先生はコホンと咳払いをして、ホームルームを始めてくれた。
　……まだ半笑いの人がいるけど、無視だ無視。

　ホームルームが終わると、ひとりの女の子が笑いながら声をかけてきた。
「おはよー色葉ー！　アンタもう、おもしろすぎだからー」
「おはよう……いや、全っ然、おもしろくないから。もー、はずかしくて死にそうだったんだよー？」

アハハ、と笑うのは、同じクラスの丸井ミオ。
　小学生の頃からの親友で、すごく信頼してるんだ。
　頭がよくてしっかり者の、美人さん。
　その大人っぽい雰囲気が、真逆な私にはちょっと、うらやましい。
　ああ、今日もキレイ！
　サラサラの黒髪を無造作にかきあげるその姿に見とれていると、ミオはあきれたような目で私を見た。
「てゆーか、また寝坊？」
「アハハ、当たりー」
　てへっとおどける私に、ミオはため息をつきながらも、おもしろそうに笑った。
「いやー、でも、さすが。朝から笑わせてくれるわ、うちのクラスの"癒し姫"は！」
「わ――っ、それ、はずかしいからやめてっ」
　6組の、"癒し姫"。
　私は、そんな風に呼ばれてる。
　聞こえは可愛いけど、今朝みたいなことでそう呼ばれるんなら……あんまりうれしくないよぉ。
「どこが癒しなのさぁ。笑われてるだけじゃん～」
「そこがいいんだって！　色葉見てると、『まだまだ自分、大丈夫だな』って、元気づけられるもん！」
「それ、すごい失礼じゃない!?」
　そうこうしてるうちに、授業が始まった。
「……はぁ」

授業の合間につい、ため息をつく。
　……どうやら、私は天然ってやつらしい。
　授業中にバカやっちゃうたびに、クラス中で爆笑される。
　先生とかも、笑ってたりする。
　全部素でやっていることだから、自分じゃどうしようもない。だから、ヤんなるんだ。

「……はあ」
　お昼休み。今日、何度目かのため息をついて、私はお弁当を片づけた。
　まだ休み時間は半分以上残ってるんだけど、私はいつもご飯を早く済ませて、ある場所へ行くんだ。
　ガタッと席を立つと、一緒に食べていたミオが言った。
「もう行くの？」
「うん。今日はすごく眠いから」
「そっかぁ。いってらっしゃい」
「うん」
　ミオに手を振り、教室を出る。
　廊下を歩いていると、いろんな人とすれちがうたびに、「どこ行くの？」と声をかけられた。
　私が「内緒」と笑って返すと、みんな、「いい加減、教えてよぉ」と言う。
　……実は、"どこへ行くのか"を知っているのは、ミオだけなんだ。
　階段をおりて、２階の廊下を通って、行きつく先は……

誰もいない、資料室。

　授業前は先生や生徒がときどき出入りするけど、昼休みは誰ひとり来ない。

　キョロキョロと、あたりを見まわして、誰もいないことを確認し、私は中へ入った。

　あんまり管理が行き届いていない、ホコリっぽい室内。

　資料がグチャグチャに入れられている棚の前を横切る。

　隅に、壁に沿って置いてある机の下にもぐりこんで、目の前にある白い壁の、特定の場所をそっと押した。

　──ギギギ。

　すると、音を立てながら、壁を四角く切り取ったみたいに、そこが扉になって開いた。

　奥に続いているのは、ステンレスの通路。

　……さてと！

　私はその四角い入口を、四つんばいになってゆっくり入っていった。

　通路が行き止まりになったら、入ってきたときと同じように壁を押す。

　すると、キィッという音とともに開き、目の前が光に包まれた。

「とーちゃーく……」

　四つんばいになっていた体を起こして、木目の床に足を下ろした。

　ここは旧校舎の、とある空き教室。

うちの高校には、生徒が授業を受ける新校舎と、そのすぐとなりに旧校舎があって。
　公共の渡り廊下とは別に、そのふたつの校舎を行き来できる、秘密(ひみつ)のルートがあるんだ。
　どうしてそれを、私が知っているかっていうと……。
　この高校を今年卒業したお兄ちゃんに、教えてもらったから。
　新校舎の資料室の、あの隠(かく)し扉を開けると、ステンレスの通路が現れる。
　そこを四つんばいになって、とにかく進んでいったら。
　……なぜか旧校舎の、この空き教室に着くのだ。
　教えてもらったときは、すごくびっくりした。
　学校に、こんな隠し通路があるなんてって！
　お兄ちゃんが卒業した今、このルートを知っているのは、この学校で私だけだと思う。
　近くの棚に置いてある毛布を持って、机をくっつけて作った"寝床"に横になる。
　そして、毛布を体にかける。
　……そう。
　私はこの空き教室へ、お昼寝をしにきているのです！
　実は私、とにかく寝ることが大好き。
　この空き教室は、いいカンジに陽(ひ)が射しててね。
　とっても暖(あたた)かくて、すっごく眠くなっちゃうの!!
　お兄ちゃんも『あそこなら色葉も気持ちよく寝られるだろうから』って教えてくれたんだよね。

秘密ルートを知っていたお兄ちゃんとそのお友達は、この空き教室を秘密基地にして、よく入り浸っていたらしい。
　だから、私がはじめて来たときにはすでに、ここには毛布が置いてあった。
　この教室も、毛布も。まるで、私のためにあるようなものだよ〜……!!
　……てなワケで。
　この空き教室が気に入った私は、毎日ここへ来ているのでした。
　みんなに"どこへ行くか"知られないのも、この特別ルートのせい。
　ミオにだけは全部話してあるから知ってるんだけど、『面倒くさい』とか言って、来ようとはしないんだ。
　旧校舎は立ち入り禁止ってワケじゃないけど、古いし外観からして不気味だから、誰も近づかないの。
　しかも、この空き教室のカギは行方不明になっちゃったとかで、先生も来ない。
　つまり！
　ここは、私が貸し切ってるのも同然なのです……!!
　私の持ちこんだ枕が置いてある机ベッド（適当にそう呼んでる）に横になり、うとうとする。
　机は固いけど、寝心地はそんなに悪くないし。
　なにより、このぽかぽか陽気！
　もう冬だっていうのに、窓から入ってくる陽の光のおかげで、教室より暖かい。

自然とまぶたが落ちてくる。
　あぁ、空き教室、最高……！
　私が幸せ心地(ここち)で眠りにつこうとした、そのとき。
「……んん……」
　教室の教卓(きょうたく)の方から、誰かの声が聞こえてきた。

イケメンさんと"はじめまして"

　……え?
　今……なんか、あっちから声しなかった?
　え、ウソ。誰かいるの!?
　ガバッと体を起こして、机ベッドからおりる。
　少しの間、その場で様子をうかがってみたけど、それからまた声が聞こえることはなかった。
　……な、なに〜っ?
　男の人の声だったよね、今の。
　ど、どなたですかぁぁ……。
　今までこの教室に、私以外の誰かがいたことなんてなかったから、怖くなってしまう。
　このままじゃ、寝ようにも寝られないし……私は勇気をふりしぼって、声の正体を確かめることにした。
　そろーりそろーりと、教卓へ近づく。
　黒板の方へ伸びたその長い足が見えた瞬間、思わず肩がビクッと跳ねた。
　……わ、あ……!
　びっくりして、声が出そうになる。
　その人は教卓の下に頭だけもぐりこむようにして、静かに寝ていた。
「…………」
　寝て、る。……熟睡?

……って、ええ!?　この人、なんで、ここにいるの!?
　カギが行方不明になってる以上、秘密のルートを使わなきゃ、ここには入れないはずなのに……！
　そしてやっぱり、男子生徒だ。
　今の私の目線からじゃ顔までは見えなくて、誰なのかわからないし。
　ど、どうしたらいいの？
　起こしちゃうのも、悪いよね……。
　迷っていると、その人の青いネクタイに気がついた。
　うちの学校は、男子はネクタイ、女子はリボンで学年別に色分けされている。
　青ってことは、1年生……同級生だ!?
　だ、誰なんだろう？
　気になって、その場にしゃがみこんだ。
　……いーよね？　べつに。
　ちらっと寝顔を拝見しようと、教卓の下をのぞきこむ。
　……そして、固まった。
「…………」
　……え。ちょっ……！
　イイイッ、イケメンさんだぁ————!!
　キレイな肌に、長いまつ毛、すっと通った鼻すじ……。
　優しい色の茶髪で、軽くセットしているのか、ちょっと毛先がふわっとしている。
　チャラい感じなんだけど、なんだかそれ以上にキレイっていうか。

こんなカッコいい人、同じ学年にいた!?
　……全っ然、知らなかったんだけど……。
　まあ、私は彼氏作りたい派の女子高生じゃないから、他の女の子たちみたいに、イケメンさんのことで騒いだりなんかは、しないんだけど……。
「……ん」
　急にその体が、ぴくっと動いた。
　……起きた……！
　キレイな瞳が、ゆっくりと開かれる。
　……わ。
　目が合って、思わずドキッと心臓が鳴った。
「……え、と」
「……誰？」
　眠たそうに目をこすりながら、彼は眉を寄せて私を見ている。
　……うわあ。なんか、心臓がものすごくバクバクいってるよ！
「あ、えっと、わわ、わっ、私は……」
　やばい、噛みそう。どうしよう!!
　うまく口が回らなくて目を泳がせる私に、目の前の彼は爆笑した。
　……え、爆笑ぉ!?
「あははははっ、なに、その顔！　すげーパニクッてんじゃん！　おもしれー!!」
「えぇぇぇ……!?」

めちゃくちゃ笑われてる。
「わわ、わらわにゃいでください！」
「噛んだ————!!」
　　ぎゃははははっと、顔に似合わない笑い方をするイケメンさん。
　し、失礼すぎる……！
「いいきゃげんにしてぇ！」
　……二度も噛むとか、私、ダサッ！
「……また噛んでるし。やべー」
　涙まで出てきたのか、彼は目もとをぬぐっている。
　いや、笑いすぎでしょー！
「笑わないでくださいってばぁ!!」
　やっとマトモに言えた……。
　ほっとして彼を見ると、あろうことか、まだ笑いをこらえていた。
「ちょっと————!?」
「ブッ、あはは！　ごめんごめん。ホントおもしろいな。キミ、名前は？」
　……こっちが、聞きたいよ。
　こんなによく笑うイケメンさん、はじめて見た。
　楽しそうに笑う彼にムッとしながら、「松本色葉です」とだけ答える。
　すると、「え、マジで!?」と驚かれた。
「キミがあの、"癒し姫"!?」
　……えっ？

この人、私のこと知ってるの!?
「……な、なんで、それ」
「だって有名じゃん！　『6組の癒し姫は笑える』って」
　わ、笑えるって、なにソレ！
　イヤな知名度!!　最っ悪の覚えられ方だよ!!
　眉をさげてショックをあらわにすると、やっぱり笑われた。
　人の顔見て笑うとか、人として、どうなんですかー！
「ハハ、おもしれー。あ、俺のこと知ってる？」
　敵意をむきだしにして、無言のまま首を横に振る。
　すると、イケメンさんは、ほんの一瞬驚いたような顔をしたあと、笑って「だよね」と言った。
「俺2組だから、校舎ちがうしね」
　……あ、そっか。
　うちの学年は新校舎がふたつに分かれていて、1、2、3組が別館、4、5、6組が本館にあるんだ。
　私は6組だから、別館の組の人とは、ほとんど会わない。
　昼休みに別館と本館を行き来する人も多いけれど、私はこの空き教室へ来るから、別館へはほとんど行かないんだよね。
　だから、この人のこと知らなかったんだ。
　ナルホド、と納得していると、彼はやわらかい声で「じゃあ」と言った。
「はじめまして、色葉ちゃん」
　……うわ、やばい。
　子供みたいにニッコリと笑うその姿に、心臓がつかまれ

たみたいにギュッとなった。
「俺は、水野純。よろしくね」
　とっても可愛らしい笑顔で、頭のあたりでピースして。
　それがまた、アイドル並みにカッコよくて。
　……ずるいなぁ、この人。
「……よ、よろしく、ね」
　そうぎこちなく返事をすると、純くんは「なんで、そんなにキンチョーしてんの？」と笑った。
　……だって、なんかドキドキするんだもん。
　むしろ私は、アナタのフレンドリーさに驚いてるんですが……。
「俺のことは、純でいーから。色葉ちゃんのことは、なんて呼んだらいー？」
　……なんか、どんどん話進めていくなあ、この人。
　つい、そのペースに流されちゃうカンジ。
　戸惑いながらも、「なんでもいいよ」と返した。
「ホント？　じゃ、色葉で」
　……わあああ！
　そんな、さらっと！　呼び捨てちゃうんですね!?
　さすがイケメンさんだ……すごい。
　……って、感心してる場合じゃなかった。
「あ、あのっ、純……くん？」
「ハハ、『くん』づけ。なに？」
　ええっ、くんづけじゃダメだったのかな。
　でも、呼び捨てはハードル高すぎるしっ！

「えっと……どうやって、ここに」
　──キーンコーンカーンコーン。
　……昼休みの終わりの、チャイムだ。
　タイミング、悪っ。
「あ、えっと……」
　どうしようかと迷っていると、純くんはなぜかフッと笑った。
　そして、なにも言わずに顔を近づけてくる。
　……ええっ!?
　キレイな顔がっ、近い！
　驚きで口をパクパクさせていると、耳もとで甘い声がした。
「今日の放課後、ここに来て」
　優しくささやかれるその声に、肩がびくりとする。
　今日の放課後……また、ここに。
　小さくうなずくと、純くんはパッと私から離れた。
「じゃ、俺はお先に！」
　元気にそう言って、彼はうしろのドアへ歩いていく。
　……えっ？
　この教室は、前のドアもうしろのドアも、カギがないから開かないはず……。
　すると、ドアの前に立った純くんは、ズボンのポケットからカギを取りだした。
　……え。まさか、そのカギって……！
　驚いている間に、カギはすんなりとカギ穴にささって。
　くるりと回されると、ガチャンという音がした。

そして、ガラガラ……とドアが開く。

あ……開いた——!?

口をあんぐりさせた私をちらりと見て、純くんはニコッと笑う。

「じゃね」

手をひらひらとさせて、外からカギをかけ、廊下の奥へ消えていった。

……ウソぉ……。

カギ……なくなったんじゃなかったの!?

なんで、純くんが持ってるの……!?

……やっぱりあの人、ただものじゃないのかもっ!

いったいどうやって、カギを手に入れたんだろう？

なんかこう、スゴイ手を使ったんじゃないのかな。

ホラ、やっぱりイケメンさんだし？

そんな、よくわからない理屈(りくつ)のもと、しばらくその場で現実離れした妄想(もうそう)に浸る。

けれど、授業開始を知らせるチャイムが鳴って、ハッとした。

ああ……また、みんなに笑われる。

……てゆーか！ 私、今日、寝てないじゃーん!!

うう……私の睡眠(すいみん)時間がぁぁ……。

うなだれながらも、私はまたステンレスの通路へ、足をかけるのだった。

クール王子?

「い――ろはっ! 帰ろー」
　放課後になって、カバンを持ったミオが、私のところへ来た。
「あ……。ごめん、ミオ。私ちょっと、あの場所に行かなきゃなんなくて」
「え、今から? なんで?」
「えっ……えーと……」
　……話して、みようかな。
　こそっと耳打ちするみたいに、私は昼休みのことをミオに話した。
　すると、ミオはすごくびっくりした顔で、「ええっ!?」と声をあげた。
「なにそれーっ! 色葉、王子と仲よかったの!?」
　おっ……王子ぃ!?
　ミオの口から出てきた単語に、今度は私がびっくり。
「なにソレ、純くんのこと!?」
「他に誰がいんの! 校内じゃ、スッゴイ有名なんだから。"クール王子"って。無口であんまり笑わないんだけど、逆にそこがいいっていうか。オマケにあの容姿でしょ?」
　ミオがキラキラした目でなにか語ってるけど、私には、さっぱり理解できない。
　『無口で、あんまり笑わない』……?

いやいや、さっき話してた人と全然ちがうんですけど。
　めちゃくちゃ私のこと笑ってたよね？　あの人。
「あの、ちょっと冷めたカンジがいいよねー」
　それ、ホントに純くん？と尋ねたくなるほど、ミオの言ってることがわからない。
　どういうこと？
　眉を寄せて考えこんでいると、ミオはなぜかニヤニヤ笑いはじめた。
「色葉が王子と……かぁ。へえ〜」
「な……なに!?　言っとくけど、なんにもないからね！」
「ハイハイ。明日、報告楽しみにしてまーす」
　報告って、なに————!!
　ミオは可愛らしく笑うと、キレイな黒髪をなびかせて、教室を出ていった。
　んもー、ミオはぁ……。
　はぁ、とため息をついて、カバンを持つ。
　教室を出て、そのまま資料室へ。
　……純くん、そんな有名人だったなんて。
　ホントに、ただものじゃなかったよ……。
　"クール王子"かぁ。
　なんだか、信じられない。

　私が昼休みに話した彼は、幻ではないんだよね？
　どうして、空き教室のカギを持ってたんだろう……。
　ステンレスの通路を出て、教室内を見わたす。

けど、純くんの姿はなかった。
　……まだ、来てないのかな。
　教室内を見て、そういえば、放課後ここに来るのって、はじめてだなぁ、と思った。
　昼休みほど陽は射してないけど、夕日のオレンジ色が入ってきていて、なんだかステキ。
　今日の昼休みは結局眠れなかったし、寝たいなぁ……と思っていたら。
　——ガチャッ。ガラガラ。
　うしろのドアが開いて、純くんの姿が現れた。
　……ホッ、ホントに、来た！
　彼は窓の外を眺めていた私の姿を見て、「お」とつぶやいて目を細める。
「来てくれたんだ？　ありがと」
「う……ううん。私も、それのこと訊きたかったし」
　純くんがその手に持っているカギを指さして、言った。
　カギには、この教室の名前が書かれた小さなプレートが一緒にぶらさがっている。
　カギと私を交互に見つめて、純くんは不思議そうな顔をした。
「これ？」
「うん。なくなったって聞いてたから。どうして持ってるのかなって、思って……」
　純くんは、立っている私の目の前の席にドカッと座ると、じっと見つめてくる。

……うっ。透きとおった瞳だなぁ……。
昼休みに、寝顔を見たときを思い出した。
こうやって見ると、ホントにキレイな顔をしてるよね。
たしかに、外見が"王子"なのは、わかるけど……。
すると純くんは、「拾っただけ」と静かに言った。
「……えっ？」
別のことを考えていたから、反応が遅れる。
「前にたまたま旧校舎に入ったときがあったんだけど、そのとき、3階の教室に落ちてたから、拾っただけだよ」
「…………」
えーと……拾った、だけって。
えっ？
「……なんだよ、その"ガッカリ"って顔は」
ギクッ。
本心が顔に出ちゃってたのか、純くんがムッとした顔をした。
……アハハ。
つい、それだけ？って思っちゃった。
勝手に、なにかスゴイ理由を期待してた私が悪いんだけど。
「ガ、ガッカリなんかしてないよっ。そうなんだ、教えてくれてありがとう」
「…………」
ごまかすように笑って言うと、純くんは、あからさまに不満そうな顔をした。
だ、だってさぁ。

まさか3階に落ちてたなんて、思わないしぃ。
　へらっと笑いかけると、純くんはスネたように唇を尖らせた。
　……怒らせちゃった？
　不安になった私に、純くんは突然、「じゃあさあ」と言った。
　その顔は、不機嫌な顔じゃなくて。
　……ニヤッて感じの、笑みだった。
「……色葉は、どうやって、ここに来てんの？　つーか、ここに昼休み、なにしに来てたの？」
　机に、可愛らしく頬杖をついて。
　口の端をあげて私を見つめてくるその姿に、心臓が一気にバクバクと脈打ちはじめた。
　……ホントにこの人、"クール王子"なんてみんなから言われてるの!?
　冷めてるとかウソでしょ、ミオ!?
　ミオが言ってた"王子"の姿とは、どう見ても重ならなくて、混乱してきた。
「それが気になってさあ、『また来て』って言ったんだよ。カギは俺が持ってるし、色葉こそ、どうやって、ここに来てんの？」
「え……えーっとぉ」
　ど、どうしようかな。
　秘密ルートのこと、言っちゃう？
　カギのこと教えてもらったし、やっぱり言うべきだよね。
　よしっ。

そう思って、簡単に説明すると、純くんは素直に「へー、すげえな」と言ってくれた……けど。
「……で、なんで、色葉はわざわざ、そんな方法使ってまで、ここに来てんの？」
　やっぱり、そこ訊いちゃいますよね──！
「……え……っとぉー」
　うう。言いたくないよー。
　さっきの私みたいに、『えっ？　それだけ？』って言われそうだもん。
　とりあえず目を逸らして、答えを回避する方法を考える。
　けれど、私の足りない頭では、うまい言い訳も浮かんでこない。
　ど、どうしよ。
　言っちゃう？　ごまかす？
　少しの間迷っていると、悩む私の顔を見て、やがて純くんが静かに肩をふるわせて笑いだした。
「……表情、なんで、そんなにコロコロ変わんの？　おもしろすぎっ……」
　だから、人の顔見て、笑うな──!!
　……えーいっ。もう、言っちゃえ！
「……お、お昼寝しに、きてるの！」
　効果音にドン！っとでもつきそうな態度で言ってみた。
　純くんは、ポカンとしている。
　なっ、なにか文句あるんですかー!?
「……昼寝？」

「そうだよっ、ホラ毛布！」
　棚に置いてある毛布を指さして、「ね!?」と言う。
　純くんはしばらく、私と毛布を見ていた。
　……けど。
　案の定、数秒後に彼は吹きだした。
　やぁっぱりぃ————!!
「ぶふ……っ、なにそれ……なんで、わざわざ昼寝しにここまで来てんだよ……っ」
「だ、だって、教室じゃうるさくて、よく眠れないでしょ！ここ日当たりいいし、静かだし最高なんだもん!!」
「だから、コソコソ隠れてまで来てるの？」
「そうだよ！」
　純くんは、笑いを必死に抑えてる。
　もう、好きなだけ笑えばいいっ！
　……あ、でも！
「こ、このことは誰にも言わないでね!?」
　……確認のつもりで、言ったんだけど。
　そのあと純くんの笑みが大きく変わったのを見た瞬間、言ったことを後悔した。
「……ふーん。じゃあ色葉は、ココでの安眠を邪魔されたら……イヤなワケだ？」
　そう言って、私の顔をじっと見てくる。
　……あ、あれ？
　なんか、笑顔が。
　……ものすごーくイジワルに見えるのは、気のせい？

「う、うん。イヤだから、黙っててほしいんだけど……」
　戸惑いながら、うなずく。
　今の純くんの笑みは、さっきまで向けられていたものとは、あきらかにちがっていた。
　子供っぽくて明るい、さっきまでの笑顔じゃなくて。
　キレイな笑みではあるんだけど……なんか、イヤな予感がする……!!
「……黙ってて、ほしい？」
　──カタン。
　そう言って彼が、席を立った。
　そして、私をじっと見つめて、ニヤッと笑う。
「……じゅ、純……くん？」
　ふたりきりの、空間。
　私の声が、教室内に響いた。
　顔に、どんどん熱が集まってくる。
　心臓の音が、大きくなっていく。
「……だからぁ、そーゆー顔」
　顎に指を添えられて、びくっと肩が跳ねる。
　な……なにっ!?
　戸惑う私を見て、純くんはますます楽しそうな顔をした。
「顔、まっ赤にしてさぁ。涙目になったり、睨んできたり。……いじめたく、なるんだけど？」
　……きゃあぁぁぁ……!!
　イジワルそうな瞳から、目を逸らせない。
　頭、沸騰しそうだよ！

なんなの、この人ー！
　クラクラしてなにも言えないでいると、私の様子に気づいた純くんが、申し訳なさそうに言った。
「ゴメン。ちょっと俺、S入ってんの。許して？」
　上目遣（うわめづか）いに、首を傾（かし）げて。
　今さっきまでのイジワルさなんて感じさせないほど、今度は可愛らしく、はにかんだ純くん。
　……だぁぁぁ……！
　お願いだから、そんなふうに『許して？』なんて言わないで──!!
　うっかり許しちゃうでしょ──!!
　やっと手を離してくれた純くんに、大きくため息をつきたくなった。
　まさか、この人が。
　……ド、ドSだったなんて……。
　ガックリうなだれる私を見て、純くんはなんだか楽しそうにニコニコしてる。
「……ココのこと、黙っててやるからさ。色葉、口止め料に、なにかしてよ」
　くっ……口止め料!?
　今度はなに言いだすのー!?
「なにそれ、ヤだよ！」
「えー、いいの？　俺がこのカギをみんなに回せば、色葉の静かなお昼寝タイムは、すぐに終了するよ？」
　そう言ってニヤニヤ笑う純くんを、思いっきり睨（にら）む。

もー、ヒドッ!!
　お昼寝タイム終了とか、絶対イヤだ!!
　でも、なにかって……なにすればいいの!?
「どーする？」
　どうするって言われても……。
「な……なにすればいいの？」
　お昼寝を邪魔されるのだけはイヤだし、仕方ない。
　ちょっと身構えて訊いてみると、純くんは意味深に笑った。
「……なんでもする？」
　な……なんでも!?
「み……身の危険にかかわらないことなら」
　なにかをオゴるとか、パシリ……とか？
　純くんの次の言葉を待ちかまえていたら、突然、頬に手を添えられた。
　そして、彼は優しく笑って、言う。
「じゃあ……キス」
　えっ……。
　流れるように自然に、キレイな顔が近づいてくる。
　驚く間もなく、唇をふさがれた。
「……ん……んん」
　……なに、これ。
　そのやわらかい感触に、顔がまた熱くなってくる。
　そして目を開くと見えるのは、キレイな純くんの顔。
　両手首はいつの間にか、つかまれていて。
　身動きが……とれない。

思考が。
追いついてくれない……。
多分、数十秒、くらい。
唇が離れると、茶色が混じったその二重(ふたえ)の瞳が、ゆっくりと開かれた。
ただただ彼を見つめる私を、しばらく見つめ返して。
そしてニッコリ笑うと、言った。
「……口止め料、ごちそーさまでした」
呆然(ぼうぜん)とする私を置いて、立ちあがる。
ドアの前で私へ手を振ると、楽しそうな笑顔のまま教室を出ていった。
……えっ、と。
なにが、起こった？

stage 2

彼のふたつのカオ

「松本。別館にある理科準備室に、プリントを取りにいってくれ」

翌日の、朝。

ホームルーム後に、担任(たんにん)からそう言われた。

「……え?」

「そんなに多くないから、さっさとな。1時間目に間にあうように」

準備室のカギを押しつけてくる先生を前に、私ははじめ、ポカンとしていた。

けど、だんだんとその言葉の持つ重大な問題に気づいて、「はぁっ!?」と叫(さけ)ぶ。

「待って! 待ってください先生! それはダメです!」

「なにを言ってる。いいから行きなさい」

「別館だけは! 別館だけは行けないんです!」

私の必死の願いもむなしく。

すがりつく私を押し返して、先生は冷たく言い放った。

「……遅刻したバツだ。なにか文句があるのか?」

ヒィッ!

私が恐怖で固まったのを見てから、先生は教室(きょうしつ)を出ていった。

そ、そんなぁ……。

たしかに、今朝も遅刻しちゃったけど……これには深い

事情がっ。
「あーあ。やっちゃったわね、色葉」
　ミオが、苦笑いしながら言ってきた。
　うう……。
「どうしよう、ミオ〜。別館なんて、行けないよー」
　長ーいため息をついた私に、ミオは「まぁ、大丈夫でしょ！」と他人事(ひとごと)のように笑った。
　実際、他人事なんだけどさ。
　今朝、寝坊した原因は、昨日のことだ。
　他の誰でもない、あのドS純くんのせい。
　……口止め料、なんて言うから。
　たしかに『なんでもする』とは、言ったけどぉ。
　ちょっと、ぶっ飛びすぎじゃない!?
　大切なファーストキスを、出会って１日の人に奪(うば)われるなんて、もうホンットーにありえない!!
　そんなことを考えて悶々(もんもん)としていたら、眠れなくなっちゃって。
　結局、寝たのは朝方。
　そしたら遅刻しちゃうし、今もまだ眠いし……！
　もう、散々(さんざん)だよぉ。
　さっき、昨日のことを洗いざらい吐(は)かされたから、ミオは全部知ってるんだけど……。
　先生の頼(たの)みでも、別館に行くなんてものすごく気が引ける。
　だって、だって。
　別館は、１、２、３組の教室がある棟(とう)だから。

つまり２組である純くんも、別館にいるってことで！
「……会える、かもね？」
　やっぱりニヤニヤしてるミオに、「会いたくないから！」と全力で否定する。
　会いたいワケ、ないでしょー!!
　私は、怒ってるんだもん！
　なのにミオは、純くんにキスされたってことを伝えたら、なんか喜びはじめたし。
　いや、笑いごとじゃなくってですね？
　文句を言っていると、ミオがあしらうように「ホラ、早く行ってこないと、時間ないわよー？」と時計を指した。
　たしかに、そろそろ行かなきゃまずい。
「わかったよぉ……行ってくる」
　はあ、とため息をつく。
　ニコニコと手を振るミオに見送られて、私は教室をあとにした。
　うう、足が重ーい。
　眠いから、あくび止まらないし。
　私、寝不足だけはホントに耐えられないんだよぉ。
　今すぐベッドに倒れこみたい……。
　こうなったのは、全部純くんのせいだ。
　私の安眠を返してよー!!
　別館と本館をつなぐ渡り廊下を歩きながら、どうか会いませんようにと願う。
　……どんな顔をして会えばいいのか、わからないし。

いったいどういうつもりで、あんなことしたのか知らないけど……。

別館に入ると、1組、2組の生徒と多く、すれちがうようになった。

……警戒しながら、慎重に歩くのよ、色葉。

1年の教室がある廊下は通らず、少し遠回りして理科準備室へ向かう。

……けど、それがまずかったみたい。

下駄箱の並ぶ昇降口を歩いていたら……前から、派手な男子の集団が歩いてきた。

近くを歩く女の子たちは、その集団に目を奪われている。

自販機から戻ってくる途中なのか、男子たちはジュースを飲みながら楽しそうに話をしていた。

昨日、瞳を輝かせて純くんのことを語っていたミオの言葉を、思い出す。

2組には、チャラいけど、とにかくカッコいいって校内では有名な男子の集団がいる……らしい。

そこに、純くんもいると聞いたんだけど。

……まさか、と思った。

男子たちと近づくにつれて、歩くスピードも落ちていく。

そして……イケメン集団の中に、見覚えのある、優しいやわらかな色の茶髪が、見えた。

……ウ、ウソでしょぉ。

そんなぁ……。

下を向いて、早足で通りすぎようと思った。

……けど。
「あれ？　松本さんじゃん！」
　え？
　名前を呼ばれて、顔をあげる。
　声をかけてきたのは、イケメン集団の中のひとりだった。
　活発そうな容姿の、男の子。
　こっちを見て、ニコニコ笑っている。
　他の男子たちも、なんだなんだと私を見ていて。
　……へ？　声、かけられた？
　わ、私のこと知ってるの!?
　なんで!?という顔をすると、男子はおもしろそうに笑う。
「6組の"癒し姫"、でしょ？」
　それかー！
　純くんも、"癒し姫"って呼び方で、私のこと知ってたんだよね。
　ひ、広まりすぎ……。
「松本さんが別館にいるって、珍しいね？　どしたの？」
「え……ええ、っと」
　ぐいぐい来る男子にどう反応していいのかわからなくて、うろたえる。
　まさか、声かけられるなんて。
　思わず、純くんの方に視線を移した。
　……え？
　彼の姿を見て、目を見開く。
　男子たちと一緒にいる純くんは……全然、笑ってない。

パックのジュースをストローで飲みながら、無言で窓の外を見ている。
　昨日、空き教室で話した彼とは、まったく、ちがう。
　……これが、ミオが言ってた"クール"な純くん？
　ウソ……。
「おーい、松本さん？」
　男子の声で、ハッとした。
　あわてて純くんから目を逸らし、「なにっ？」と、笑ってごまかす。
　すると、男子は「ボーッとしてたね」と笑った。
「松本さん、ウワサどおり、可愛いね。癒される～」
　え……ええっ!?　可愛い？
　ウワサどおりって……ありえないよ！
「お、お世辞が上手だね……！」
「アハハ、お世辞じゃないんだけどなー」
　さすが、イケメンさん。女の子慣れしてるなあ。
　勝手にそう感心していたら、今度はそのとなりにいる男子まで、「いやいや、ホントに。松本さん、可愛いよ」なんて言ってきた。
「前から話してみたいと思ってたんだよねー。ね、今度、俺らと遊ぼうよ」
　そ……そう、なの!?
　うれしいけど……やっぱり、ノリが軽いなぁ。
　こういうの、ちょっと苦手なんだよね。
「う、うん……ありがとう。じゃあ……」

ごまかして逃げようとしたら、「あ、待って」と引き止められてしまった。
「せっかくだし、連絡先教えてよ」
　そろそろ準備室に行かないと、時間に間に合わないんだけど……。
「え、えっと」
　どうしよう、と思った、そのとき。
「なぁ」
　低くて落ちついた声が、その場に響いた。
　驚いて、そっちを見る。
　声の主(ぬし)は、面倒くさそうに私たちを見ている、純くんだった。
「……早く、教室戻ろ。ヒマ」
　ヒマ、という言葉が、重くのしかかる。
　その冷たい表情に、なにも言えなくなる。
　……そりゃ、会いたくないって、思ってたけど。
　でも、ちょっとヒドすぎない？
　人の唇、奪っといて。
　ショックを受けた私を見て、男子は気まずそうな顔をして「あー……わかったよ」と言った。
「いきなり機嫌悪くなんなよー、純。ゴメンな、松本さん。またね」
　気を遣ってそう言ってくれる男子に、笑って、「いいよ」と返す。
　申し訳なさそうに、男子たちは私の横を通りすぎていった。

……『ヒマ』、か。
　そんなに、私の顔を見たくなかったのかな。
　私だって、見たくないって思ってたけどさ。
　あんな言い方、ないんじゃない?
　集団のいちばんうしろを歩く彼と、すれちがう。
　その瞬間、くやしくて悲しくて、チラリと彼を見た。
　……そしたら、目が合って。
　驚く私を見て、彼は。
「……バーカ」
　私にしか聞こえないような小さな声で、そう言った。
　……とびきりの、笑顔とともに。
「……!」
　周りの男子たちは、気づいてない。
　純くんが振り返って、私に笑いかけてくれたのは、今、私しか知らない。
　目の前にいるのは、まちがいなく、昨日の純くん……。
　……もしかして、さっきの言葉は、困ってる私に気づいて助けてくれたの?
　なにも言えずにうろたえている私を見て、彼はおもしろそうに笑った。
　そして前を向くと、男子たちと教室へと入っていく。
　私はしばらく、その場に立ち尽くしていた。
　……純くんは、ミオの言ってたとおり、"クール王子"だった。
　全然笑わないし、しゃべらない。

でも……なぜか私の前でだけ、笑う。
昨日のキスの感覚を思い出して、顔が熱くなった。
……もしかしたら、私。
とんでもない人と、秘密を共有してしまったのかもしれない。

キスのワケ

　そのあと、やっぱり私は1時間目に間に合わなくて、先生に怒られてしまった。
　けど、そんなの気にならないくらい、今朝のことが頭から離れなくて。
「……じゃあ、いってきます」
　昼休み。
　お弁当を片づけて、眠たい目をこすりながら、私は席を立った。
「ん、いってらっしゃい。歩きながら寝ないでよー？」
「わ、わかってるよー……」
　ミオに見送られて、教室を出る。
　……純くん、いるのかな。
　昨日のことと、さらに今朝のことがあって、ますます会いたくなくなってきた。
　だって空き教室に行けば、自然とふたりきりになっちゃうワケだし。
　今朝見た、あの冷たい表情と、私だけに向けられる笑顔を思い浮かべる。
　ホント、びっくりだよ。
　同一人物？って疑っちゃいたくなるほど、別人なんだもん。
　いったいどっちが、ホントの純くん？
　普段からああやって、キャラ変えてるのかな。

だとしたら、スゴイよね。
　……そもそもどうして、私にだけ見せてくれるんだろう。
　明るい笑顔だけじゃない、スネたような不機嫌な顔や……イジワルな、笑みも。
　仲のいい男子たちじゃなくて、なんで私なんだろう……。
　わからないことばっかりだなあ、と思いながら、私はいつもどおり、突き当たりの壁を押した。
　空き教室内を見まわして、誰もいないことを確認すると、ふうっと、ひと息つく。
　……約束とかは、してないもんね。
　今日、純くんがここに来てなくても、おかしなことじゃない。
　今朝すれちがったとき、私にだけ笑顔で『バーカ』なんて言われて、不覚にもドキッとしちゃったけど。
　……そう、なんだよね。
　私がああやって別館に行ったりしないかぎり、純くんとは話すこともないんだ。
　……昨日のキスも、きっと忘れた方がいい。
　てゆーか、忘れるべき！
　そのせいで私、今こんなに眠たいんだし。
　……純くんは多分もう、ここへは来ないよね。
　だったら私だって、キレイさっぱり忘れた方が……。
　──ガチャッ。ガラガラ。
　突然、教室のうしろのドアが開いた。
　……へ？

驚く私の目に映っているのは、今まさに忘れようと考えていた、その人で。
　口を開けて凝視する私に、彼は明るい顔を見せた。
「色葉」
「ギャー!!」
　思わず叫んで、あとずさる。
　棚から出した毛布を抱きしめて、机ベッドの近くで隠れるようにしゃがみこんだ。
　……来ないと思ってたのにー!!
　不意打ちすぎるよー！
　純くんは眉を寄せて、「はあ？」と言う。
「なにその反応。どーした？」
「どーしたもこーしたもない!!」
　のぞきこむようにして私を見てくる純くんに、「どっか行って！」と叫んだ。
　純くんは私を見て、なんで？って顔をしてる。
　その顔に"なんで？"だよ!!
　昨日のことを思い出すと、やっぱり身の危険を感じるというか。
　あんまり近づきたくないんだよ！
「とっ、とにかく、ちょっと離れてっ」
　睨みながらそう言うと、純くんは面倒くさそうに「ハイハイ」と言って、私から少し距離のある机の上に座った。
　そして、警戒心をあらわにしたまま立つ私を見て、あのイジワルな笑みをしたかと思えば。

「……昨日のこと、気にしてんの？」
　なんて、おもしろそうに言ってきた。
「わかってるんじゃんか──!?」
　さっきは私を見て、意味がわからないって顔をしてたクセに！
　怒る私を見て、さらに彼は楽しそうに笑う。
「ホント、反応が素直だよなぁ」
「バカにしてるでしょ!?」
「褒(ほ)めてんだって。長所だと思うよ、それ」
　全然うれしくないけど!?
　いまだに笑ってる純くんを、キッと睨んだ。
「言っとくけど私、ホントに真剣(しんけん)に悩んだんだからね。おかげで寝不足なんだから……!!」
「ブッ、マジで!?」
　今度は、お腹(なか)をかかえて笑いはじめた。
　ちょっと本気でこの人、地中の奥深くに埋(う)められるべきだと思う。
　やっぱり、イヤな人！
　あんまり笑われると、逆に悲しくなってくるんですけど。
　気にしてる私が、バカみたいじゃない？
　じわりと浮かんできそうになる涙をこらえながら、小さな声で言った。
「……なんで、キスしたの？」
　唇を噛んで見つめると、私が泣きそうになっているのに気づいたのか、純くんは笑うのをやめた。

そして眉をさげて、「……えっとな」と言う。
「おもしろい子だなぁって、思ったからさ。どういう反応するかなって。つい出来心(でごころ)だったんだけど」
　瞳にじわじわと涙がにじんできて、視界がゆがむ。
　……なに、それ？
　純くんはそんな私を見て、さらに眉をさげた。
「……はじめて、だった？」
「…………」
　なにも言わない私に、彼は「ごめん」と言った。
　……そんな、ホントに申し訳なさそうに言われると、許すしかないじゃん。
　こういうことをいちいち気にするのって、心がせまいのかな。
　私、気にしすぎ？　重い？
　そう思うと、また涙が出そうになってきて、ズッと鼻をすすった。
　すると、純くんは私を見つめたまま、優しく目を細めた。
「色葉って、ホント素直っていうか、純情(じゅんじょう)だな」
「……悪かったね」
「ちがうよ。はじめてとか、そういうの大事にしてんのって、なんか誠実(せいじつ)だよな」
『誠実』。
　そんな言葉をもらって、うれしいと思っちゃう私は、やっぱり単純(たんじゅん)なのかな。
「ホント、ごめんな。まさか、はじめてだとは思わなくて」

「……いいよ、もう。許してあげる」
　ツンとして唇を尖らせる私に、純くんは「ありがと」と言って笑った。
　……ずるい笑顔、だなあ。
　でもこの笑顔を、普段、純くんが見せることはないんだよね。
　あの冷たい表情に、戻っちゃうんだ。
　袖で目もとをぬぐうと、純くんと向かい合うようにして、机ベッドの上に座った。
「……ねえ」
「ん？」
「純くんって、いつも学校じゃ、今朝みたいな感じなの？」
　純くんは少しの間、どういうこと？という顔をしていたけど、私の不安そうな顔を見て、「ああ」と笑った。
「全然笑わないってこと？」
「……うん」
「そーだね。あんまり、笑わない」
　やっぱり。
　まあ、笑ってても笑ってなくても、カッコいいから"王子"って呼ばれちゃうんだろうけど。
「……じゃあ、なんで私の前では、笑うの？」
　そう言うと、純くんは「なんでだろーね」と、おもしろそうに笑った。
「色葉を見てると、笑いたくなっちゃうんだよ」
「なにそれっ、ヒドー！」

すっごい失礼だよ？　それ！
　むっと頬を膨らませた私を見て、純くんは明るく笑う。
　そして、「それに、な」と言った。
「なんか、色葉と話してると安心すんの。はじめて会ったとき、俺のこと知らなかったってのもあるけど。自然と、笑っちゃうっていうかさ」
　……そう、なの？
　私は、フツーにしてるだけなんだけど。
　さっき言ってた、『素直』ってこと？
　眉を寄せて首を傾げる私に、純くんはやっぱり素敵な笑顔で。
「一緒にいて、和むよ。さすが"癒し姫"」
　……なんだかはじめて、うれしいって思った。
　『癒し姫』って、呼ばれることに。
　今までは、ただ単に笑われてるだけだったから、からかわれてるんだって思ってたけど。
　普段、笑わない純くんから、こんなにたくさんの笑顔を引きだせる私って……案外、すごいヤツだったり？
　そう思うと、なんだかニヤけてしまう。
　すると、そんな私を見て「なにニヤついてんだよー」と、純くんがからかってきた。
「べっ、べつに、ニヤついてない！」
　急いで、口角をさげる。
　けれど純くんは、さらに大口を開けて笑った。
「どう見てもニヤニヤしてたし！」

「しーてーまーせーんー!」
　さっきまで泣きそうになってたのが、ウソみたい。
　純くんが笑うと、なんだか心の中が温かくなってくる。
　こうやって純くんと話すの……楽しい、かも。
　そう思ったとき、昼休みが終わるチャイムが鳴った。
「ええっ!」
　驚いて、思わず声をあげる。
「私、寝てない!」
　すっごく眠たかったのに。
　これじゃ、午後の授業が睡眠時間になっちゃうよー!
　あせる私を見て、いたずらっ子のように笑う純くん。
「あーあ、残念だったね」
　むっ、ムカつく……!
「純くんのせいだからね!」
「ハイハイ。じゃ、俺は先に戻るな」
　そう言うと、純くんは私に手を振って、教室を出ていった。
「…………」
　彼がいなくなると、一気に静かになる。
　自分以外に誰もいない教室を見わたして、胸がギュウッとなった。
　……今まで、ひとりきりだった。
　それでいいと思ってた、この教室に。
　明るく笑う王子様が、やってきた。

ある日の休日

「おはよう、お父さん」
　あれから1週間とちょっとが経った、休日の午前。
　リビングにあるお父さんの写真に向かって、日課(にっか)のあいさつ。
　最近、身の回りで起こったことを心の中で報告していると、純くんとのことを思い出して、苦笑い。
　お父さんがまだ生きていたら、絶対純くんのことなんか言えないなぁ。
　お父さん、娘(むすめ)を溺愛(できあい)するタイプだから。
『ごめんね、お父さん。私はこの間、はじめて男の子とキスをしてしまいました。いろいろあったけど、今日もなんとか生きています』
　アハハ。今頃お父さん、天国で卒倒(そっとう)してたりして。
　報告し終えて、洗濯物(せんたくもの)をたたんでいるお母さんの方を向いた。
「お母さん！　今日の夕方、お兄ちゃん、帰ってくるんだよね!?」
「そうよー。何ヶ月ぶりかしらねぇ」
　3つ年上の真人お兄ちゃんは、今年の3月にうちの高校を卒業して、今はとなりの県の専門学校へ行っている。
　なんか、難しい名前の職業(しょくぎょう)を目指していた。
　向こうでボロアパートを借りて、ひとり暮らししてるんだ。

会うのは数ケ月ぶりだから、うれしい！
　洗濯物を片づけ終わって着替えたお母さんが、カバンを持ってリビングを出ようとしていた。
「じゃあ、お母さん、6時には帰るから。お兄ちゃんのこと、ちゃんと出迎えてあげるのよ？」
「はーい」
　お母さんが家を出ると、沈黙が落ちる。
　弟の優馬に声をかけようと、振り返った。
「ゆーまっ、今日は……」
　けれど、リビングにその姿はなくて。
「じゃあ、いってきまーす」
　えっ!?
　廊下を見ると、いつの間にか優馬は玄関で靴を履いて、今にも家を出ようとしていた。
「どこ行くの!?」
「これから、友達と遊ぶ約束してるんだ。あ、もう時間になる。じゃあ姉ちゃん、オレ、行くから」
　ち、ちゃっかり予定作りやがって……！
「……5時前には帰るんだよ!?」
「わかってるー」
　それだけ言って、優馬はうれしそうに出ていった。
　……うう。取り残されちゃったよ。
　また寝ようかなと思ったけど、文房具店に用事があることを思い出して、断念。
　11月の冬空の下、しぶしぶ私は家を出たのだった。

ひとりで街中(まちなか)を歩きながら、あたりを見まわす。
　……カップル多い〜。
　なんか、こういうとき、さびしくなってきちゃうよね。
　こうやって見てみると、カッコいいなって思う男の人は、チラホラいるんだけど。
　やっぱりルックスで見ると、私の中で、最上級にカッコいいのは……純くん、なんだよなぁ。
　……ホント、非常にくやしいんだけども。
「…………」
　自分で思って、ちょっと顔が赤くなってきた。
　ああもう、はずかしいなあ。なに考えてんだろ。
　1週間前の昼休みのことを思い出すと、ついニヤけてしまうアホな私。
　静かな空き教室の中は、たしかにとても寝やすかったけど。
　純くんが来てくれると、ますますあの空間が温かなものに感じるのは、気のせいなのかな。
　あれから毎日、純くんは空き教室へ来ている。
　ただふたりでしゃべっていたり、私が寝てると、純くんはひとりでケータイさわってたり。
　純くんも、あの場所が気に入ってたんだって。
　さすがに私も、追いだしたりはできないから、『まぁいいか』ってカンジ。
　にぎやかで、楽しいし。
　そりゃ、あの男にどんだけ笑われたか考えると、ムカつくけどね！

ふーっと息を吐くと、白い色がついた。

　すっかり冷えてきたなぁ……。

　文房具店で用事を済ませて、街の時計を見たら、もうすぐ12時。

　適当(てきとう)なお店で昼ご飯のおにぎりを買うと、近くの土手(どて)に腰(こし)をおろした。

「これから、どうしようかな……」

　行くあてもないし。

　そう思ったら、あくびが出た。

　……家、帰ろうかなぁ。そしてやっぱり、寝よう。

　その方が絶対、私には合ってる気がする。うん。

　そうと決まれば、食べる速度をアップ。

　寝るなら、たくさん寝たいし！

　夢中で、バクバクおにぎりを食べていたら……。

「おーい、キミ！　なにしてんのー？」

　……ん？　なんか今、近くから声しなかった？

　振り返ると、大学生くらいの数人の男の人たちが、私を見てニコニコ笑っている。

　念のため、あたりを見まわすけれど、誰もいなくて。

　え……声かけられたの、私？

　おにぎりを食べていた手を止めて、男の人たちに言葉を返した。

「……なにか、ご用ですか？」

　なにしてんの？って、見てのとおり、ご飯中ですけど……。

　訊くと、男の人の中でも一番チャラそうな、茶髪の人が

笑った。
「アハハ、ご用ですかってウケる！　ね、ひとり？　このあとヒマ？　俺らと遊ばない？」
　ぐいぐい来る質問に若干引きながら、「いや……遊ばないです」と答えた。
　もしや、これは……ナンパとかいうやつ、なの？
　ミオと出かけたときには、よく声をかけられるけど……私ひとりでは、はじめてだ。
「えー……いいじゃん、ヒマでしょ？」
「ひ、ヒュマじゃないです」
「噛んでるよー？　可愛いなあ」
　もっと滑舌よくなれよ、私!!
「……えっと、私、家に帰るんで……」
　笑顔でごまかしながら、そそくさとおにぎりを口に入れる。
　ひとりではあるけど、ヒマではないんです。
　昼寝という、大事な予定があるんです。
　けれど、男の人たちは私の顔を見て、なぜかニヤニヤしはじめた。
「……可愛いー。やばくね？　な、いいじゃん？　ひとりでいるより、絶対楽しいって」
　今度は腕をつかまれて、びくりとした。
　力、強いし。
　ちょっ……イヤイヤ、私はあなた方と遊ぶより、寝る方が楽しいんです————!!
　離してください！と叫ぼうとしたら。

——バン!!
　大きな音とともに、なにかが男の人の後頭部を直撃した。
　……えっ。
　驚く私と男の人たちの足もとに、ドサッと黒いボディバッグが落ちる。
　なにか重たいものが入っていたのか、投げつけられた人はふらついていた。
　けれど私の目は、投げられた人より投げた人に釘づけ。
「いってぇな!　なにすんだよ!」
　男の人が振り返って、文句を言う。
　だんだん、こっちへ近づいてくるその人は、ツンとしたキレイな顔をしていて。
「しつこいナンパって、見苦しいだけですよ」
　なんて、顔に似合わない毒を吐く。
　……ウ……ウソ、でしょ。
　私を助けてくれた、その人は……。
「……純、くん」
　うちの学校のクール王子、だった。

ドSな王子様

　ナンパから私を助けてくれたのは、純くんだった。
　男の人たちが純くんの姿を見て、「イ、イケメンじゃねーか……！」とショックを受けている。
「つーか、誰なんだよ、お前！」
「その人の友達」
　さらっとした純くんの返事に、ちょっと拍子抜けした。
　……アハハ。そこは、ウソでも"彼氏"って言ってほしかったかも。
　男の人が怒って「彼氏じゃねーんなら、邪魔すんな！」と叫ぶと、純くんはバカにしたようにハッと笑った。
「イヤがってんの、わかんねーの？　そんなにムキになってさあ……どんだけ必死なんだよ」
　……う、薄笑いが怖い！　怖いよ、純くん！
「彼女いないからって、無理に可愛い子を連れて歩きたがるの……カッコ悪いっすよ」
　うわぁ。
　さ、さすが、ドS!!
　男の人たち、屈辱でふるえてるよ……！
「ホラ。行こ、色菜」
「えっ、あ、うん……」
　純くんは私の手を取ると、固まる男の人たちを見て「じゃあ、不毛なナンパ、がんばってください」とキレイな笑顔

で言い放った。
　うわぁ、とどめの一撃(いちげき)!!
　戦闘不能(せんとうふのう)になってしまった彼らは、どこかへ逃げるように走っていった。
　土手の芝生(しばふ)の上に取り残される、私と純くん。
「えっと……ありがとう」
　そう言うと、純くんは「ありがとう、じゃねーよ」と頬をつまんできた。
「俺がいなかったら、どうしてたんだよ。あぶねーなあ」
「ごめんなひゃい……」
　だって、あんなにしつこいと思わなかったし。
　てゆーか痛(いた)いです、純くん。
　頬から手が離されると、私は「純くんはなんで、ここにいるの？」と訊いた。
「偶然(ぐうぜん)だよ。そこの道を通ってたら、色葉が知らん男に絡(から)まれてんの、見かけて」
　近くの河川敷(かせんじき)を、純くんが指さす。
「そうだったんだ……」
　それにしても、ナンパされてるのを助けてくれるなんて、ホントに王子様みたいだよね。
　しかも、純くんみたいなイケメンがやっちゃうんだもん。
　ますます絵になるというか……。
　やっぱりイケメンって、ずるいなぁ。
　そんなことを思っていると、純くんが芝生の上に腰をおろした。

私の持っているおにぎりの入ったビニール袋(ぶくろ)を見て、眉を寄せる。
「じゃあ色葉は、こんなとこで、なにしてたの？」
　……うっ。
　ひとりで、さびしくお昼中……でした。
「ちょ、ちょっとね。ご飯食べてた」
　えへへと笑って言うと、怪訝(けげん)そうな顔をされた。
「なに、ヒマなの？」
　……そのとおりでーす……。
「ふ〜ん……これからどーすんの？」
　私も、芝生に腰をおろす。
　純くんの言葉に、なんて答えようか迷った。
「え……とぉ。い、家で……」
「家？　帰るの？」
　……なんか、言いづらーい。
　ってゆうか……。
「……寝る、の」
　ボソッと、顔を逸らして言うと。
「……ぶっ」
　やっぱり、笑われたぁ————っ!!
「あはははは！　なに!?　家帰って寝るの!?　まだ昼過ぎだぜ!?　早いだろ!!」
　めちゃくちゃ笑われてるんですけどぉ……。
　うぅ……言わなきゃよかった。
「じゅ……純くんこそ、なにしにいく途中だったの？」

それにしても、ちょっと笑いすぎだから！
　早いとこ私の話題から、純くんの話題へチェンジしないと。
「俺はー……ちょっと買い物に行ってた」
　そう言われて、純くんが私服姿なことに気づいた。
　……やっぱ、カッコいい。ムカつく。
　お腹をかかえて、ひーひー言いながら笑ってる王子様。
　改めて、この人が普段あんなにクールなのが不思議になってきた。
　じっと見つめてみたら、おだやかに目を細められる。
　……ほら、こういうの。こういう、雰囲気。
　温かくて、心地いいかんじ。
　こんなに優しく笑えるのに、どうして学校じゃ、あんなに冷たい表情をするんだろう。
「……なんで普段、笑わないの？」
　思ったことがそのまま口からこぼれて、自分でびっくりした。
　キョトンとする純くんに、「あ、いや、今のは」と、あわててごまかす。
　けれど純くんは、私の思ってることがわかったのか、すぐにフッと笑った。
「……ちょっと、前にいろいろあってさ。学校で笑うの、やめてんの」
　……あ。
　その悲しそうな顔に、これ以上踏(ふ)みこんじゃダメだって思った。

前に、なにかあったって……気になる、けど。
　私が訊いちゃ、ダメだよね。
「……そ、っか」
　なにも言えなくなった私を見て、純くんが「そんな暗い話じゃないって」と、気を遣って言ってくれる。
　……でもなんだか、さびしいよ。
　笑いたいのに、笑わないなんて。
「俺は多分、あんまり笑わない方がいいんだよ」
　そう言って自嘲するように笑う純くんを見て、胸の中がモヤッとした。
　……なんか、ヤだな。
　純くんが笑ってないの、ヤだな。
「……もっと、笑ってよ」
　気づけば、声に出していた。
　彼をまっすぐ見つめて、私は小さく微笑んだ。
「私は、楽しそうに笑ってる純くんの方が、いい」
　純くんが、目を見開く。
　冷たい表情なんか、見たくない。
　笑いたいときに、笑って。
　もっと、いろんな表情、したらいいのに。
　純くんはしばらく無言で私を見つめていたけど、やがて例のごとく笑いだした。
「な、なにそれ……っ。俺が色葉の前で笑うのって、だいたい、色葉がおもしろいからじゃん。いじられんの好きなのっ？」

「ち、ちがっ……！　あ、その顔！」
　びしっと、純くんの顔を指さす。
　笑っていた彼は、びくっと肩を跳ねさせた。
「そのっ、笑ってる顔！　好き!!」
　子供みたいに楽しそうな笑顔。
　それを見てると、なんだか怒れなくって。
　こっちまで楽しくなっちゃいそうな笑顔なんだもん。
「ねっ？」
　そう笑いかけると、純くんは一瞬だけ固まったあと、パッと私から目を逸らした。
　そして、顔を手で隠すようにして。
　……え？
「……純くん……？」
　手の隙間(すきま)から見える、そのキレイな顔。
　思わず、目を見開いて凝視してしまった。
　だって……純くんが。
　あのイジワルな純くんが……顔を赤くしていた、から。
「じゅ……純くん、顔赤……」
「うるさい」
　ピシッと遮(さえぎ)られた。
　て……照れてる？　ウソぉ……。
「な、なんで……」
「知るかよ。お前が、はずかしいこと言うからだろ」
　た、たしかに勢(いきお)いあまって『好き』なんて言っちゃったけど……。

照れてる。純くんが照れてるよぉー……！
　けっこう、可愛いかも……？
　イケメンさんが照れると、それだけで絵になるんだよなぁ。
　思わず、キラキラした目で見とれてしまう。
　もしかして、日頃の仕返し成功？
　ちょっとうれしくなっていると、純くんはすぐにムッとした顔になってしまった。
「……っ！　おい、色葉！」
「はっ、ハイ!?」
　なに!?
「お前、このあと、俺の買い物に付き合え！　俺をこんな風にさせたバツ！」
「ええ!?」
　バ、バツ!?　なにそれ!?
「色葉に拒否権なし！　女子高生が、休日に昼間っから寝ようなんて、おかしーだろ！」
「そそ、それが私なんだよ！」
「それ言ったらもう、なんでもアリじゃねーか！　いーから、俺についてきて！」
　純くんに手を引かれ、土手をのぼる。
　ええっ、ホ、ホントに？
　驚いているうちに、街へ出てきてしまった。
　そのまま、ショッピングモールへ。

　純くんの言うとおり、お買い物に付き合うだけだったん

だけど……。
　なんだか、楽しくて。
　明るく笑う純くんの姿を、ずっと見ていたいなあ、なんて……なっ、なに考えてんだー！
　そんなふうに心の中でツッコミを入れたりしながら、買い物を終えて街を歩いていたら。
「……色葉？」
　私たちの少しうしろから、知っている声が聞こえてきた。
「……へ？」
　驚いて、立ち止まる。
　振り返ってみると……あ。
「お兄、ちゃん……？」
「おう。やっぱり色葉だったな。久しぶり」
　歯を見せて、ニッと笑う。
　なんと……今日、数ヶ月ぶりに帰ってくる、お兄ちゃんだった。
「え、色葉のにーちゃん？」
　突然の登場にポカンとしている純くん。
　ぐ、偶然にしては、ちょっとタイミング悪すぎ……。
　お兄ちゃんは、純くんをキッと睨んだ。
「……お前、色葉の彼氏か」
「……え」
　かっ……彼氏————!?
「ちちちちっ、ちがうよ!!」
　あわてて、両手を横に振って否定する私。

「お、そうなのか？」
　お兄ちゃん、なんかちょっとうれしそうだし！
　この人、重度のシスコンなんだもん！
　もしホントに彼氏ができても、絶対お兄ちゃんにだけはバレちゃいけないんだよぉ。
「ご、ごめんね、純くん。気にしないで……」
　そう言って純くんの方を向いたら、彼は不機嫌そうな顔をしていた。
「……え、どうしたの」
「……そんなに、全力で否定しなくていいだろ……」
　ええっ!?
　だ、だって！
　純くんも、私の彼氏だなんて思われるの、イヤでしょう!?
　そう言いたかったけれど、この会話を続けていると、となりで超睨んでくるお兄ちゃんが黙ってないだろうから、やめた。
「そ、それより、お兄ちゃん、帰ってくるの早くない？」
　ごまかすようにそう言うと、お兄ちゃんは「そんなことないぞ」と時計を見せてくれた。
　今の時刻は……４時半!?
「もう、こんな時間……？」
　純くんとお店を回ってたら、楽しくて時間なんて忘れちゃってた……。
「色葉、そろそろ帰るぞ」
「え……」

じゃあ、純くんとは、ここでバイバイ？
一応、お買い物は終わったけど……。
迷う私に気づいた純くんが、遠慮がちに言ってくれた。
「俺のことは気にしなくていいよ。付き合わせて、ごめんな。また月曜、学校で」
……その言葉を聞いて、なんだか、とたんにさびしくなる。
たしかに偶然会っただけだし、私は彼女でもないけど。
そう、なんだけど……。
「……で、でも……っ」
「なに言ってるんだ。そこの少年も、うちに来い」
当然のようにそう言ったのは、もちろんお兄ちゃん。
「……は？」
このにーちゃん、今なんて言った？
ふたりで唖然としていると、お兄ちゃんは「行くぞ」と言って、歩きはじめた。
……ええっ、ちょっ……!!
……な、なにこの展開ぃ————っ!?

stage 3

空き教室での恋物語

「ただいま、我が家————っ！」

バンザーイ!!

そんな高すぎるテンションでお兄ちゃんが家へ入ったのは、5時すぎのことだった。

ご機嫌なお兄ちゃんのあとを、純くんと私で追いかける。

……もう、なにがなんだか、わかりません……。

それからリビングでお兄ちゃんと純くんが話しているうちに、純くんはうちで夕飯まで食べていくことになってしまって。

「大丈夫？」と訊いたけれど、純くんはおもしろそうに「大丈夫」と言ってくれた。

うーん、純くんがいいなら、いいんだけど。

まさか、お兄ちゃんが純くんも家に呼んじゃうなんて。

いったい、どういうつもりなんだろ。

「ただいまー」

6時過ぎ。

お母さんと優馬が一緒に帰ってきた。

「偶然、お友達のおうちから出てくる優馬が車から見えてねー、乗せて帰ってきたんだけど……!?」

靴を脱ぎながらしゃべっていたお母さんは、「お邪魔してます」とお辞儀する純くんを見て、目を見開いた。

……そして、なぜか興奮しだした。
「あ……あらやだ、どうしましょ！　もしかして、色葉の……？　やだやだ！　お母さん、なにも聞いてなくて……」
「お母さん、落ちついて」
　そう言っても、お母さんのおしゃべりは止まらない。
　すると、優馬が純くんを指して言った。
「もしかして、姉ちゃんの彼氏!?」
　わーっ、またも！
「ちがうよ！　学校の友達！」
　あわてて否定すると、優馬は「だよなー」と言う。
「姉ちゃんに、こんなカッコいい人、ムリだよなー」
「どーいう意味、それ！」
　言い合う私と優馬に、お母さんがあきれたように、ため息をついた。
「はいはい、ケンカしないの。ここで立ち話もなんだし、リビング入りましょ。ところで、そちらの彼はどうするの？」
　みんなでぞろぞろとリビングへ入っていく中、お母さんが純くんに声をかけた。
「あ、うちで夕飯を食べていくことになったんだ」
　お兄ちゃんがそう言うと、お母さんは「え!?」と目を見開いた。
「あらあらまぁ！　ホントに!?　うれしいわぁ、どうしましょう」
　……また興奮しだしたぁ。

ホントお母さん、イケメンに目がないんだから。
「突然、夕食をご一緒させていただくなんて、すみません」
　王子様な純くんがそう言うと、お母さんはサッと目の色を変えて、「そんなことないわ！　たいしたものはないけど、ぜひ食べていってね」と言った。
　うちのお母さんは忙しい……。
「ありがとうございます。ごちそうになります」
　純くんはそんなお母さんを見て、うれしそうに目を細めていた。

「お兄ちゃん！　カギのことで訊きたいんだけど！」
　夕食後。
　大事なことを思い出して、リビングでくつろいでいるお兄ちゃんに、そう尋ねた。
　ずっと、お兄ちゃんが帰ってきたら訊こうと思ってたんだよね！
　純くんもまだ、うちにいるし。
　私のとなりで、ソファに座ってる。
「カギ？」
「そう、空き教室のカギ！　純くんが見つけたの」
　純くん曰く、3階の教室に落ちていたんだって。
　そう言うと、お兄ちゃんは「ホントに？」とびっくり顔。
「そうなんです。旧校舎の、3階で」
　純くんがそう言うと、お兄ちゃんは「おお」と、なんだかうれしそう。

「そうか。なんだ、落ちてたのか……。卒業する少し前に、カギを手に入れて管理してたヤツが『なくした』って騒いでたんだよ。その頃には、あのルートを見つけてたから、問題はなかったんだけどな」

　ハハッと、お兄ちゃんがなつかしむように笑う。

　……お兄ちゃんにとっても、大切な場所だもんね。

　と、いうことは……。

「……カギがなくなったのって、ただ単にその人が落としただけ……？」

「まあ、そうなるな」

　……アハハ。そうだったんだぁ。

　なんか、フツーの理由だったんだなぁ。

「……ガッカリしてるな？」

　お兄ちゃんの言葉に、びくっと肩を揺らす。

　純くんと目が合って、苦笑い。

　すると、お兄ちゃんは得意げに笑って「じゃあ、もうひとつ教えてやろう」と言った。

「もうひとつ？」

「あの空き教室と、特別ルートにまつわる恋バナだ」

　恋バナ!?

　なにそれ、気になる！

　聞きたい聞きたいという瞳で視線を送ると、お兄ちゃんはさらに鼻を高くして話しはじめた。

「俺や友達が見つけるよりずっと前から、あのルートはあったんだ。今から十数年前、偶然ひとりの男子生徒が特別

ルートを見つけた。そして、行きついた先にいたのは……静かな教室でひとり、座って本を読むキレイな女子生徒」
　ドキン、と。
　……純くんと出会ったときのことを思い出して、ちょっとだけ心臓が鳴った。
「空き教室のカギを持っていた彼女は、たびたび本を読みに来ていたんだと。男子は特別ルートを使って、通うようになった。そうして、ふたりは、だんだんと距離を縮めていって……」
　……きゃあーっ。
　思わず、叫びそうになる。
　だって、だって。それって、まるで……！
「……と、まあ、こんな話が、うちの高校にも語り継がれていたりするワケだ。知ってるヤツは少ないと思うが」
　お兄ちゃんが、ふうっと息をつく。
　……ロマンチック、だなぁ。ステキ。
　まさかあの空き教室で、そんな恋物語が生まれていたなんて。
　チラリと純くんに視線を向けてみる。
　けれど純くんはおもしろそうにお兄ちゃんと話しをつづけていて、目が合うことはなかった。
　……どう、思ったかな。
　誰も知らない秘密のあの場所で、過去に優しい恋が紡がれていたこと。
　純くんは……どう、思ったのかな。

眠り姫のひだまり

　お母さんが純くんに、『好きなだけ、いていいからね』なんて言うものだから。
　私の部屋のベランダに出て、なんとなくオレンジジュースを飲みながら、純くんとお話しすることになったんだけど。
「なんかあの話、俺らみたいだったな」
　そのさらっとした純くんの言葉に、飲んでいたジュースを吹きかけて咳こんだ。
「……大丈夫かよ……」
「……だっ、だって！」
　そっ、そそそんな、思ってたことを口に出して言われると、びっくりするじゃんか！
「色葉は思わなかった？」
「お……おも、思った……けどぉ」
　男女は逆だし、細かいとこもちょっと、ちがうけど。
　でも……私たちみたいって思わないはず、ないよ。
　かーっと思わず顔を赤くしながらジュースを飲んでいると、純くんはおもしろそうにニヤッと笑った。
「……まあ、お前は読書じゃなくて、昼寝しにきてるんだけどな？」
「……そ、それがなにっ」
　どーせ、可愛くないですよーだ！
　つんとそっぽを向くと、純くんは楽しそうに「ハハッ」

と笑った。
　……それを見て、ぎゅうっと心臓をつかまれたような感じがして、びっくりした。
　なんだろ、これ。
　純くんが笑うたびに、なんか変な心地……。
「あ、そーだ」
　すると、純くんは思い出したようにケータイを取りだした。
「連絡先、教えてよ」
　そう言われて、なんだかすごくドキドキしてしまう。
　私は「うん」と小さく返事をして、ケータイを出した。
　……"クール王子"と、連絡先交換(こうかん)。
　そうはいっても、私はついこの間、純くんの存在(そんざい)を知ったワケだから、あんまり実感湧(わ)かないんだけど。
　先生に言われて別館に行ったあの日以来、学校では空き教室以外の場所で純くんに会ってない。
　だから私たちは、昼休みに空き教室を一緒に使ってる、内緒のカンケイ……だけど。
　……今日のお昼も、私服姿を見たとき、思ったんだ。
　私って、ホントに純くんのこと知らないんだぁ、って。
　トークアプリの連絡先一覧に新しく入った彼の名前を眺めながら、私は「ねえ」と口を開いた。
「……私、純くんのこと、なんにも知らないね」
　すると、となりからフッと笑った声がした。
「……これから、知ればいいじゃん」
　……えっ。

いいの……？
　そう思って、ケータイから顔をあげる。
　優しく微笑んだ彼と目が合って、ドキッとした。
「……俺も、色葉のこと知りたいよ」
　……やっぱり、いいなと思った。
　この心地いい雰囲気が……とても、落ちつく。
　外は、まっ暗。
　冬の夜風が冷たい。
　でも不思議と、寒くはなかった。
　純くんが「……ひとつ、訊いていい？」と言った。
「……お父さん、は？」
　その表情はなんだか、不安げで。
　……こんな風に訊いてくるってことは、だいたいカンヅいてるんだろうなぁ。
「……多分、純くんが考えているとおりだよ。中1のときに、ね」
「……そっか。ごめん、訊いて」
「ううん。そのことは、うちではあんまり悲観的(ひかんてき)に考えないようにしてるから。気にしないで」
　そう笑うと、純くんは「……そーか」とだけ言って、オレンジジュースをぐっと飲んだ。
　そして、もう一度、私を見て。
「お父さん、色葉に似てんな」
　……えっ。予想外の言葉に、びっくりする。
　私が首を傾げると、純くんは笑いながら「リビングの写

真見てさ」と言った。
「なんか、雰囲気とか笑った感じがな。似てるなって」
　純くんは、優しく目を細めてそう言ってくれた。
　……似てる、かぁ。
「……そう、かな。ありがとう」
　ベランダの手すりに腕をのせて、すんっと鼻を動かす。
　冷たくてキレイな、風の匂い。
「……お父さん、どんな人だったの」
　ちらりと視線を上へ動かすと、純くんのキレイな瞳とぶつかる。
　私は、「んー……」と考えるように小さく首を傾げた。
「……温かい、人」
　ポツリとつぶやくように言うと、純くんはゆっくりと目を閉じた。
「……やっぱ、似てんね」
　そんなこと、言うから。
　じわりと、目が潤んだ。
　ぎゅうっと目を閉じて、気づかれないように隠す。
　私はふるえそうになる声で、「あのね」と言った。
「2階に、お父さんの書斎があってね」
　多分いちばん、お父さんとの思い出が詰まってる。
　書斎には、たくさんの高い本棚があって。
「……そこで、お昼寝するのが大好きだったの」
　おだやかで優しい空間の中心にいたのは、窓際の席に座る、お父さんだった。

純くんは前だけ向いて、静かに「うん」と相づちを打ってくれる。
　……いきなりこんな話をして、驚いてないかな。
　私も、どうして彼に話しているのか、わからない。
　……けど。
　なんだかこの雰囲気が、心地よくて。
　聞いてほしいなって、思っちゃったんだ。
「お父さんは、絵本作家だったんだけど。私はいつも、お仕事の邪魔をしてた」
　私の部屋の本棚にもある、あざやかな色の絵本。
　目の前でお父さんが描く絵が、ぴかぴかの本になって自分のもとへ届いたとき、とても感動したのを覚えている。
「お父さんが絵本描いてるときに、『寝たい』って言って。それで、お父さんがお仕事中断して、床に座って手招きするの」
「……うん」
「お父さんのそばはね、すっごくあったかくて、安心するんだぁ……」
　毎日、毎日。
　お父さんの書斎に行って、お昼寝してた。
　お母さんに『お仕事の邪魔しちゃダメよ』って言われても、懲りずにまた書斎のドアを開けて。
　どんなにお仕事が大変なときでも、お父さんは笑顔で迎えてくれていたから。
　でも……。

「……だけど、お父さんが亡くなってからは、書斎に行っても、さびしさしか感じなくて」
　どんなにそこに、陽が射していても。
　それでも、お父さんのいない部屋の中は寒くて。
　とても、寒くて……。
　いつしか書斎の扉は、開かなくなってしまった。
「だからね、高校でお兄ちゃんに、空き教室のこと教えてもらったときは、すごくうれしかったんだ」
　あの場所は、暖かいから。
　景色が、書斎を思い出させるから。
「……でも……」
　ふとしたとき、思うんだ。
　たしかに静かな空間だけれど、でも。
　ひとりきり。
　広い教室の中で、ひとりきり。
　そばには誰もいないんだって感じるたびに……思い出す。
　お父さんのそばが一番、温かかったって。
「……っ」
　思わず、目の奥が熱くなった。
　……あぁ、もう。せっかく涙引いてたのに。
　なにも言えなくなった私に、純くんは夜空を見あげて言う。
「色葉は……お父さん、大好きだったんだな」
「……うん」
　涙で赤くなった顔をあげて、純くんの顔を見る。
　……ちょっとだけ照れたみたいに、はにかんでいた。

「ふは、ひでー顔」
「ひっ……ひどぉい」
　またた。
　また、胸が……ぎゅうって、なった。
　ずるいよ、その笑顔。
　ゴシッと袖で目もとをぬぐう。
　……泣いちゃって、カッコ悪いな。
　すると、純くんが私にすっと近づいてきた。
　……へ？
　ぼうっと見あげていると、純くんはニッと笑う。
　そして、ぐいっと私の手を引っぱって。
　え、ええっ!?
　驚く間もなく、今度は抱きあげられ……えっ!?
「よ……っと」
　お、お姫様抱っこされてる————!!
　王子様に、お、お、お姫様抱っこ——!!
「ちょ、純くっ……」
　おろして、と言おうとするけれど、純くんはそのままベランダを出て、私の部屋へ入っていく。
　そして、私を抱きしめたまま床に座って、ベッドに寄りかかった。
「純くん……っ？」
「このまま、寝ていいよ」
　そんなの悪いよ、と言おうと思ったけれど、急に眠気が襲ってきた。

……抱きしめられてるから。
　体温が伝わって、眠たくなっちゃう。
　うとうとしはじめた私に気づいたのか、純くんは黙って胸に寄りかからせてくれた。
　ちょっとだけ開いた瞳から、優しく目を細める純くんが見える。
　そっと、頭を撫でられた。
　……あ。
　なんか、お父さんを思い出した。
　私が眠れるように、優しく頭を撫でてくれた手。
　温かい、あの手……。
「……おやすみ」
　純くんのやわらかな声を聞きながら、目を閉じる。
　温かな雰囲気も、明るい笑顔も、優しい声も。
　……胸の奥が、ぎゅうってする。
　この感覚は……多分。
　……純くんを好きだって思う、気持ちだ。
　そう思った瞬間、私は意識を手放した。

はじめてのメッセージ

　気づいたら、朝になってた。
　ばちっと目を開けると、まぶしい光が一気に目に飛びこんでくる。
　え……朝!?
　ガバッと布団を持ちあげ、起きあがった。
　視界に広がるのは、見慣れた自分の部屋。
　……わ、私……。
　あのまま、純くん放って寝ちゃったんだ——っ!
　急いで階段をおりて、リビングの扉を開ける。
　いたのは、お母さんと、優馬。
　お兄ちゃんは、どうやらもう家を出てしまったらしい。
「あら、色葉おはよう」
「おっ、おはよう。……じゅ、純くんは、いつ帰ったの?」
　口をあわあわと動かしてしゃべる私に、お母さんは「あぁ」と言った。
「昨日の夜よ。礼儀正しく帰っていってねえ。見たらアンタ、ベッドでぐっすり寝てるし……。昨日の夜、なにがあったの?」
　お母さんがニヤニヤしながらそう言ってくるけれど、私の頭の中は後悔の気持ちでいっぱい。
　も、申し訳なさすぎる……!
　こっちが家に呼んだのに、私ひとりで寝ちゃうなんて!

うわぁぁ、最低だよ──！

日曜日だから、今日中にお礼とお詫びが言えない……と思って、私はあることを思い出した。

「あ────っ！」

思わず叫ぶと、また階段を駆けあがった。

急いで自分の部屋の扉を開ける。

そして、机の上に置いてあるケータイを手に取った。

トークアプリを開くと、登録された"水野純"という文字が見える。

……なんだか、心の隅っこがふわってして。

ちょっとだけ、落ちつかなくなって。

小さなドキドキとともに、ニヤけちゃいそうになる。

とりあえずこれで、今日中にお礼できるよね。

そのとき、メッセージを1件受信していることに気がついた。

その送り主の名前を見て、目を見開く。

【水野純】

……え、ウソ。純くんから!?

あわてて指を動かして、トーク画面を開いた。

送られた時刻は、今から1時間ほど前。

……純くんからの、はじめてのメッセージ……。

【おはよう、起きた？】

それだけなのに、キュンってした。

……き、昨日、純くんを好きだって思っちゃったから。

ますますドキドキするし、うれしいって思っちゃう。

なんて返事をしようか、悩みに悩んだ末、とても簡潔で可愛くない文章に落ちついた。
【起きたよ。おはよう】
　……アハハ。
　だって、舞いあがってるって気づかれたくないし。
　えーいっ、と送信ボタンを押す。
　すると、すぐにケータイがブブッと通知音でふるえた。
「返信、早っ！」
　思わず、声が出る。
　……そんなこと言っても、うれしいんだけどね。
【昨日は、なにも言わずに帰ってゴメン。
　起こさないほーがいいかな、と思って】
　や、優しいーっ。
　ニヤける顔を必死に押さえながら、指を動かす。
　ううっ。こういうの、慣れてないからどう返信していいかわかんないよーっ！
【ううん。私こそ、寝ちゃってゴメンね】
【さっさと寝ちゃったもんな、色葉（笑）
　ホントに熟睡してて、びっくりした】
　うわーっ、はずかしー！
　思わずベッドにダイブして、足をジタバタ。
　いくら眠かったとはいえ、あんなに早く爆睡しちゃったんだもん。ありえないよ、もうーっ！
【ほんとにゴメンね！
　反省してます……】

【いいよ(笑)

　昨日は、ありがとう。夕飯(ゆうはん)ごちそうさまでした。

　買い物、付き合わせてゴメンな。

　おかげで楽しかった】

　続いていくトークに、絶えず心臓がドキドキいってる。

　『楽しかった』って。その言葉だけで、なんだかすごくうれしい。

【いえいえ！

　私も楽しかったよ。ありがとう】

【うん。また明日、学校で】

　また明日……。

　最後の返事は、心の中でつぶやいた。

　……このメッセージには、昨日、私が泣いちゃったコトに関しては、なにも書かれてない。

　気遣って、くれたんだよね。

　ごろんとベッドに寝転がる。

　ケータイの画面に映る文字列を眺めていると、やっぱり自然と口角があがってきた。

「……ふっ、ふふ。ふへへ……」

　部屋でひとり、肩をふるわせてニヤける私。

　あぶない。

　だって、なんか、うれしいんだもん。

　昨日は純くんの言葉が優しくて、温かくて。

　お父さんのことを思い出してしまって……泣いちゃった、けど。

なんだかスッキリしてるし、よく眠れた気がする。
　彼と出会ってから、私は振りまわされてばっかりだった。
　けど……ホントはすっごく、優しい人なんだなぁ。
　トーク画面を眺めて、私はふうっと息をついた。
　純くんの笑顔を見ていると、なんだか心臓がぎゅうってなる。
　この感覚は、純くんを好きだって思う気持ちから来てるんだって、昨日わかったけど。
　でも……これから、どうしよう？
　私、空き教室で普通に話せるかな。
　また純くんの笑顔を、たくさん見れるかな。
　そして……もっと純くんのことを知れたら、いいな。
　ケータイの画面を見つめながら、そう思った。

　翌日。
「やぁ————!!」
　家中に、私の叫び声が響きわたった。
　階段を駆けおりて、リビングに向かう。
　お母さんと優馬は、のんびり朝ご飯を食べていた。
「あと３分で遅刻だよ!?　なんで起こしてくれなかったの、お母さん！」
「あ。アンタのこと、すっかり忘れてたわ」
「そんな簡単に娘のこと忘れないで!?」
　家を出て、マッハで走りはじめる。
　ゼエゼエと息を切らして学校に着いた。

うううっ。きっと今、朝のホームルームのまっ最中だよ。
　教室入りにくぅ。
　そろりそろりと廊下を歩き、教室のドアに手をかけると、深呼吸。
　……ああ、また、みんなに笑われるんだろうな……。
　ハハ……と乾(かわ)いた笑みを浮かべて、私は教室のドアを勢いよく開けた。
「遅れてごめんなさー……」
　教卓の前には、あきれた顔をして私を見ている先生……と。
「……い？」
　……え？
　そのとなりに、知らない男子生徒が立っていた。
　……ううん、知ってる。
　おだやかそうな表情を浮かべた、その人。
　私はその場に立ち尽くしたまま、呆然として彼を見つめていた。
　彼も少しの間、私を見て驚いた顔をしていたけど、すぐにまた微笑んだ。
　知っている、そのなつかしい笑みに、私は思わず口を開く。
　……も、しかして。
「……大和(やまと)……？」
　彼はその優しい瞳を細めて、静かに言った。
「……うん。久しぶり」
　……もう、会うことはないと思ってた。
　忘れるはずもない大切な人が、そこに立っていた。

思わぬ再会

「Ｔ市の高校から転校してきました、佐伯大和です。よろしく」

先生が黒板に、"佐伯大和"と書く。

さわやかスマイルを浮かべて自己紹介をした彼に、クラスの女子たちが「ほぉ……」と感嘆の声をあげて、うっとりと目を細めた。

……ウソぉ……。

私はといえば、席に着いてからもずっと驚きっぱなし。

この珍しい時期にやってきた、転校生。

教卓のとなりに立つ彼と私は、中学の頃の友達なんだ。

あまり男子としゃべる方じゃなかった私にとって、いちばん仲のよかった男の子だ。

県内でも有名な、頭のいい高校に行ったって聞いたんだけど……。

まさか、うちの学校に転校してくるなんて。

ホ、ホントに、どういうこと？

大和が先生に促されて、ずっと空席だった私の斜め前に座る。

周り……とくに女子が興味津々という様子で大和を見つめる中、ホームルームが終わった。

それと同時に、大和の周りにクラス中の女子たちが集まってくる。

そして、あっという間に囲まれてしまった。
　クラスの男子たちが声をかけようとしていたみたいだけど、そんな隙もない。
　きゃいきゃいと可愛らしい声で大和に話しかけている女の子たち。
　それを驚きながら遠目に見ていると、ミオがあわてた様子で「色葉っ」と声をかけてきた。
「……あ、あの大和くん……だよね!?」
「……うん」
　ミオも私と同じ中学だったから、大和のことを知ってるんだよね。
　ミオは、眉を寄せて大和を見ている。
「……なんか……変わったわね」
「ね。私もそれ、思ったぁ」
　もとから整った顔立ちをしているなぁとは思ってたけど……なんか、すごくカッコよくなってる。
　髪も、ちょっと染めてるのかな。
　やっぱり……1年もすれば、変わっちゃうんだね。
　大和と最後に話したのは、中3の冬だったから。
「あとで、声かけてみる？　色葉、仲よかったもんね」
「……うん。でも、多分、当分は無理だね」
　大和を見ると、まだ女の子たちに囲まれている。
「たしかに」とミオと笑い合った。
　……いったい、どうしたんだろう。
　なにか、あったのかな。

話したいような、話したくないような。
　……ううん、話したくないとしたら、それは大和の方かもしれない。
　そんなことを思いながら、移動教室で別館の廊下を歩く。
　すると、あのイケメン集団が階段をおりていくのが見えた。
「あ……純くんっ」
「えっ、どこどこ？」
　集団のいちばんうしろで、相変わらずパックのジュースを飲みながら歩いている純くん。
　私が指さすと、ミオは「あ、ホントだ」と、うれしそうな顔をした。
「ラッキー！　今日、なんかいいことあるかもね」
　……そ、そう、なの？
　でも、私もうれしい。
　声をかける勇気はないけど……姿を見れただけで、うれしいって思う。
　これが、好きって気持ちなのかな。
　そう思うと、なんだか照れてくるんだけど。
　……でも相変わらず、笑ってないなぁ。
　無表情っていうか、ボーッとしてるカンジ。
　……もっと、笑えばいいのに。
　そしたら私も、声をかけられるかもしれないし。
　うう、やっぱり気になる。
　純くんが、学校で笑うのをやめちゃった理由。
　知りたいって思った。

いつか、聞ける日が来るのかな……？

「アタックしなさい!!」
　昼休み。
　お弁当を食べながら今の純くんへの気持ちを伝えると、ミオはガタッと席を立って、とんでもないことを言ってきた。
　もちろんその瞳は、キラキラ輝いている。
「アタック……!?」
「そうよ、当たり前！　ライバルが、どんだけいると思ってんの!?　せっかく色葉には、誰にも邪魔されない接点があるんだから、ためらってちゃダメよ！」
　たっ、たしかに、そうかもしれないけど……！
　ミオさん、ちょっと熱が入りすぎてて怖い。
　私が純くんに、アタック？
「いやいや、無理!!」
「なんで！」
「私、自信ないよ！」
　相手は一応、王子だなんて呼ばれてる人だし！
　私なんかが好きになってもらえるワケ、ないっ！
　ブンブンと首を横に振る私を見て、ミオは「仕方ないなぁ」と、ため息をついた。
「……じゃあ、あせらなくていいから。ちょっとずつ、距離、縮めていこ？」
　……ちょっとずつ……。
　距離が縮まれば、純くんのことをもっと、知れるかな？

私は少しの間、考えたあと、こくんとうなずいた。
　そして、お弁当の最後のひと口をパクリと食べて、お弁当箱を片づけはじめる。
「お、行くの？」
「……うん」
　考えたら、純くんに会いたいなぁって思っちゃった。
　今日、別館で見た彼の姿を思い出して、なんだか笑顔が見たくなったから。
「行ってくるねっ」
　ミオが、ニコッと笑って手を振ってくれる。
　教室のドアに向かう途中、そっと大和の方を見た。
　クラスの男子たちと、楽しそうに話している。
　さすが、もうすっかり、なじんでるなあ。
　大和から目を逸らして、ほんの少し強く、手のひらを握りしめた。
　……アタック、なんて。
　私に、できるのかな……。
　おもむろに教室のドアを開けて、資料室へと走った。

好き、だからこそ

　資料室に着き、息を切らしながら、机の下にもぐる。
　……こんなに急いで空き教室に行くこと、今まであったかな。
　変な、衝動(しょうどう)。
　……会いたいって、思う。
　もっと、知りたいって思う。
　気づけば通路の突き当たりの壁を、ぐっと押していた。
　一昨日(おととい)のことがあって、なんとなく会うのがはずかしい。
　思い出しただけで、かぁーっと顔が熱くなる。
　純くん、来てるかな……？
　当然、私たちは、約束なんてしていないから。
　来てると、いいなぁ……。
　通路から顔を出して、教室内を見まわした。
「……来た？」
　突然、聞こえた声に、思わずびくっとする。
　教室の、前の方。
　純くんは教卓の横に座っていたみたいで、ケータイをポケットにしまって立ちあがった。
「……ハハ。なにやってんの、そこで」
　通路に座りこんだままの私を見て、優しく微笑む。
　……どうしよう。
　純くんが、ホントにホントに、王子様に見える。

目の前が、キラキラするの。
　　私の目、変になっちゃったのかな。
「……色葉？」
　　だんだん近づいてくる王子様の姿に、見とれてしまう。
　　……この教室の中で、ふたりきり。
　　そう考えただけでも、ドキドキしてくるのに。
　　このキレイな笑みが、私だけに向けられてるんだって思ったら。
　　……すごく幸せだなって、思った。
「色葉？」
　　ぽーっと見とれている私の目の前に、純くんが不思議そうな顔をして立ち止まった。
「おーい。生きてる？」
　　私の顔の前で、手を振ってくる。
　　……カッコいいなあ、ホント。
　　なんて思いながらじっと見つめていると、やがて純くんが私から顔を逸らした。
　　……あ。
「……純くん」
「……なに」
　　腕で顔を隠すようにして、スネたように逸らされた目は、こっちを見ようとしない。
　　これは……もしかして。
「……ゴメン。じーっと見すぎだよね」
「……うん」

不機嫌そうな顔してさ。
　　多分、怒ってる。でも……。
「……照れてるよね？」
　　やばい、顔がニヤける。
　　そんな私を見て……あ、ホントに怒らせちゃった。
「色葉のクセにナマイキなんだよ！　まさか確信犯!?　色葉のクセに!?」
「ち、ちがうもん！　色葉のクセにって、なに!?」
　　そのまま、ギャーギャーと好き勝手に言い合う。
　　こっ、こんなことがしたいワケじゃないんだけどっ！
　　息つく間もなく言い合って、ふたりしてゼエゼエと息を切らす。
　　な、なんだこれ……っ。
「わ、私だって、やられっぱなしじゃないんだからね」
「……バーカ」
　　まだ言うかっ、と純くんを睨もうとしたとき、すっと手を差しだされた。
　　驚いて、その手を凝視していると。
「ん」
　　その声につられて、見あげる。
　　……めちゃくちゃ笑顔の純くんが、見えた。
　　今まで見たことないくらい明るくて、はじけた笑顔。
　　……や、やばい。
「あっち行こ？」
　　机ベッドの方を指さす純くんに、また心臓がバクバク音

を立てはじめる。
　差しだされた純くんの手をとって、私は床に足を下ろした。

「……あの、純くん」
　私が机ベッドの上に座ると、純くんはその前の机の上に座った。
「ん？」
　なにげないその返事さえ、じわっと心の中に温かなものが広がる。
「一昨日は……その、ありがとう。いろいろ」
　そう言うと、純くんは「いいよ」と言ってくれた。
「ヒッデー泣き顔、見れたし？」
　てっきり、優しい言葉をかけてくれるんだと思ってたから。
　ニヤッとした笑みでそう言われて、ムッとなった。
「ど、どうせブスだもん！」
「そんなこと言ってねーじゃん。あ、寝顔は可愛かったよ」
　今度はニッコリ笑ってそう言われて、もう、どう反応していいのか、わからない。
　どんな風に笑ってもカッコいいとこが、さらにムカつくし、戸惑うっ！
「か、か、かわ、可愛く……ない、し」
　顔が赤くなりながらも、素直に照れることなんてできるはずもなく。
　言葉の最後の方で、ふいっと目を逸らしてしまった。

……そしたら。
「ぶっ！　なにその反応……！」
　笑いやがった————!!
「なんで笑うの——!!」
「だ、だって……っ、可愛すぎ……っ」
　そう言われて、思わず心がギューッとつかまれた。
　ううっ、うれしいけど……なんか、素直に喜ぶのがくやしいーっ!!
　怒ろうにも怒れなくて、うろたえていると、純くんは必死に笑いをこらえながら、また口を開いた。
「……なぁ」
「はい？」
　こ、今度はなにっ？
「今日も、そこで寝るの？」
　純くんは、私が座っている机ベッドを指さしている。
　……へ？
「……そ、そのつもりですが？」
　それがなんなの、と目で訴える。
　……ホントは、寝ることは頭になかった。
　だって私、純くんに会いたくて、走ってここまで来たんだよ？
　そんなこと、絶対、言えないけどさ……。
「……ふーん……」
　純くんはなにやら意味深な目をして、私をじっと見つめている。

……な、なに？　その視線は……。
　戸惑いながらも見つめ返していると、純くんはストンと机からおりた。
「……さみぃ」
　そう言って、またじっと見つめてくる。
「そ……そう、だね」
　一応、返事をしてみると、純くんはその場に座りこんだ。
　そして、「だからさ」と言うと、腕を広げて。
「一緒に、寝よ？」
　極上(ごくじょう)スマイルで、そう言った。
　……え。
　『一緒に』……寝る？
　って……。
「無理!!」
　手と顔を、ぶんぶんと横に振る。
　純くんの腕の中で、寝るってことでしょ!?
　絶対、無理!!
「……そんな全力で拒否んなよ」
「だって！　だって!!」
　それはもう、どう考えてもやばいよ!!
　ほら、今ものすごく心臓をギューギューつかまれてるからね!?
　一緒に寝たりなんかしたら……ヒィッ！
　気づけば、純くんはものすごーく不機嫌な顔になっていた。
　だ、だってさぁ──！

「なんで、『無理』？」
「む、無理っていうかぁ……」
　ごにょごにょと言い訳を探していると、純くんの不機嫌な表情が、一変した。
　……ニヤッとした、あのイジワルな笑みに。
　……え？
　純くんはそのまま口を開き……言った。
「……一昨日は、おとなしく寝てたクセに？」
　うっ……！
「あ、あれは……私、泣いてたから、不可抗力っていうか」
　今みたいに、心臓が尋常じゃない速さで動いたりしてなかったもん!!
　ぐいっと手首をつかまれ、引きよせられる。
　純くんの顔が、近い。
「……っじゅっじゅじゅ……！」
「はは、噛んでるよ？　……ほら、答えろよ。一昨日、俺の腕の中で気持ちよさそーに寝たの、誰？」
　心底楽しそうな、悪魔の笑み。
　ちょっとぉ……ドＳモード入っちゃったよぉ──!!
　完っ全に油断してた!!
　どっ、どうしよう!?
　戸惑ってる私にかまうことなく、純くんは私の腰に手を添えて、さらに引きよせようとする。
　ちょちょちょちょ……！
　そろそろ、私の心臓が限界を迎える!!

「じゅっ、純くん！　やめ……」
「んじゃー、答えてよ。色葉はー、誰の腕の中で寝たの？　ん？」

　口の端をあげて笑う純くんは、これまたすごーくキレイで、カッコいいわけで。

　ああもう、クラクラする。

　この人、ホントずるーい!!

　涙目になってきた私を見て、純くんはますますニヤニヤ。
「いい加減、言ったら？　んで、ごめんなさいって言えよ」

　ム、ムカつく──！

　こうなったら、もう意地！　負けてたまるかぁ！
「いっ……いい、言いたくない！　絶対言わない！」

　この俺様に屈したくなーい！
「絶対言わないんだからー！」

　純くんに引き寄せられる腰を、なんとか抵抗して動かさないようにしながら、私は叫んだ。

　とたん、体が支えを失って、床に向かって倒れかかる。

　えっ……？

　視界に、天井が広がった。

　その端に、純くんのかすかな笑みが見える。

　ガタガタンッと机が動く音がして。

　目の前に、純くんの顔があって。

　……は？

　え……背中が、床についてるんですけど。

　私の顔のすぐ横に、両腕が見えて。

彼は、そのキレイな瞳で、私を見おろしていた。
　これって……押し倒されてる？
　え!?
「……ちょっ……どいてぇ！」
　腕で押し返すけど、びくともしない。
　そのことにドキリとして、また心臓が痛くなる。
「……純くん。どいて……」
　最後にもう一度だけ、胸を軽く押す。
　純くんは、相変わらず涼(すず)しい顔をしていて。
　私を見て、フッと笑った。
「……色葉が、意地張るからじゃん」
　……そんなの。
　張るに、決まってんじゃん……。
　私は、むうっと唇を尖らせた。
「……そりゃ、親切に寝かせてくれたことは、感謝(かんしゃ)してるよ。ありがとう。けどぉ……」
「けど？」
　チラリと、純くんの目を見つめる。
　キレイで、優しい瞳。
　……ちょっとぐらいは、素直になろうかな。
「……純くんの腕の中で寝ちゃったら、寝入っちゃって、次の授業に間に合わないでしょ」
　そう言ったとき、純くんの目をちゃんと見れなかった。
　でも、チラッと見たとき、とても驚いた顔をしていた。
　そのあと……かすかに、笑った気がした。

「授業なんか、どーでもいーじゃん」
　ぐいっと引っぱられ、座らされる。
　私の不服そうな顔に、純くんはとてもうれしそうに笑った。
　そして私に向かって、もう一度、手を広げる。
「どーぞ、お姫様？」
　……くそぅ、カッコいい。
　やっぱり勝てない。
　くやしいなぁ。
　私は頬を膨らませながら、のそのそと王子様の腕の中へと、身をゆだねた。
　すぐに、ぎゅうっと抱きしめられる。
「ふ、あったけー」
　頭上からそんな声がするけれど、私はもう、いっぱいいっぱい。
　上を向くと、純くんの笑った顔が見えた。
　……アタック、なんて、どうすればいいのかわかんないけど。
　今のままでも、十分幸せかもしれない……。
　その温かさに、私はゆっくりと目を閉じた。

　——キーンコーンカーン。
　チャイムの音に気づいて、瞼を開ける。
　目だけ動かしく、空き教室内の時計を見た。
　……あ、昼休み終わったんだ。
　動こうとして、今の自分の状況に気がついた。

腰には、手が回されている。
　上を向くと、キレイな寝顔があった。
　そうだった……。結局、寝入っちゃったんだ。
　かぁーっと、顔が熱くなる。
　ああもう、そんな場合じゃないし！
　あと２、３分で授業が始まる。
　早く、純くんを起こさなきゃ。
「じゅ、純くんー、起きてー。チャイム鳴ったよー」
　ゆさゆさと、純くんの肩を軽く揺すった。
　二重の目が、かすかに開く。
「……ん……色葉？」
　その、心なしか甘い声に、ドキリと心臓が鳴った。
　……や、やばい。
　寝起きの純くん、なんか色気までプラスされてるんですけど。
「チャ、チャイム鳴ったから。起きて？　授業始まるよ」
　ドキドキを鎮めながらそう言うと、純くんもだんだん目が覚めてきたみたいで。
「マジで……？　早ぇーな」
　ハッキリと目を開けると、小さくあくびした。
「色葉、寝れた？」
「……う、うん」
　そりゃもう、ぐっすりと。
　おかげさまで、今が冬とは思えないほどの温かさだったよ。
「そっか」

そう言うと、純くんは、さわやかな笑顔を見せてくれた。
　ひゃー、やばーい。
「は、早く教室行かなきゃねっ」
　はずかしさとドキドキを隠そうと、そう言って笑う。
　……いいのかなぁ、私。
　学校の王子様を、昼休みだけ、ひとりじめだ。
　しかも私、彼女でもないのに。
　そう思った瞬間、なにかが私の中で引っかかった。
　そのとき。
　左頬に、ちゅっという音と、温かい感触がした。
　え。
　……ちゅ？
　ばっと上を向くと、純くんはビクッと肩を揺らした。
「いっ……今！」
「ごめん！　つい」
　前のキスで私が怒ったのもあって、純くんは先に謝ってきた。
　でも……つい、って。
　また、出来心？
　申し訳なさそうに、純くんは謝ってくる。
　けど、私の心の中にはあのときとはちがう感情が広がっていた。
　心臓は、相変わらずドキドキしてる。
　……でも、なんだろう、このカンジ……。
　はじめて会った日にも、キスをされた。

あのときみたいに、怒る気持ちは湧いてこなくて。
　なんだかすごく、悲しい気持ちがした。
「……やだ……」
　そうつぶやいたとき、目には涙が浮かんでいた。
　……私、彼女じゃないのに。なんかこれって、変だよ。
　純くんの目をまっすぐ見て、言った。
「純くんは、好きでもない子に、なんでキスとかできちゃうの？」
　純くんの瞳が、見開かれる。
　だって、ヤだもん。
「私、純くんの彼女じゃないよ」
　なのに、なんでキスとかするの。
　おかしいよ、こんなの。
　……私、純くんのなに？
　なにも言えないのか、ずっと黙っている純くん。
　なんだか、ムカついてきた。
　私の言葉に驚いてるのは、わかる。
　最初にキスされたときは、怒るだけでこんなこと思わなかったから。
　……でも……今は、ちがうんだよ。
　なんか、切ないって、思っちゃうんだよ。
「……好きじゃないのに、簡単にキスなんてしないで……」
　あのときとは、ちがう。
　その明るい笑顔も、イジワルな笑みも、照れて赤くなった表情も。

"クールな王子様"が、ホントはスゴくいろんな表情をすること、知ってしまった。
　たくさん笑ってくれるから、話していると楽しくて。
　困ってたら、本物の王子様みたいに助けてくれる。
　泣いてたら、抱きしめてなぐさめてくれる。
　……知っちゃった、から。
　もう、気にしないでなんか、いられないよ。
「……ごめん」
　純くんは力なく、そうつぶやくように言った。
　……ちがう。
　ちがうよ。謝ってほしいんじゃなくて。
「……っ」
　ぐいっと胸を押して、その腕の中から出る。
　そして、私は今思ってることを精いっぱい大声で叫んだ。
「バカ————!!」
　その瞬間、純くんの目が大きく開かれたのが見えた。
　かまうことなく背を向けて、私は四角い通路へと走る。
　『バカ』なんて、我ながら幼稚な捨てゼリフだと思う。
　でも、今の正直な気持ちだ。
　……自分も、純くんも。
　バカだ。
　授業が始まるチャイムの音を聞きながら、私は資料室で涙をぬぐった。
　笑顔を見て、心臓がぎゅうってなるのも。
　会いたいって、もっと知りたいって、気持ちになるのも。

……好きだから、だよ。
好きだから、気持ちがわからなくて不安になるんだ。
どうして、彼女じゃないのにキスをするの?
それがわからなくて、切なくなるんだ……。

stage 4

"好き"と彼

　そろーっと入った教室は、予想外にガヤガヤしていた。
　黒板を見ると、デッカく"自習"の２文字。
　それを見て、ホッと胸を撫でおろした。
　よかったぁ、怒られずに済んだ。
　自習だからか、みんな好き勝手な席に座って、好きな相手としゃべっている。
　ミオは自分の席で頬杖をついて、窓の方を見ていた。
　え……絵になるぅ。
　思わず遠くから見とれていると、視線に気づいたミオが気味悪そうな目で見てきた。
「……おかえり。悪寒がしたわ」
「ただいまぁ。えへへ、愛は込めたから、許して？」
　余計に気持ち悪いわ、とつぶやくミオの前の席が留守だったから、座らせてもらった。
「自習でよかったね」
「ホントだよー。怖かったぁ」
　へへっと笑って返す。
　すると、ミオはふとマジメな顔をした。
「……空元気」
「え？」
　むにっと頬をつままれて、びっくりする。
　ミオは眉を寄せて、心配そうな表情をした。

「……空き教室で、なんかあったんじゃないの？　無理やり笑顔作ってるでしょ」
　その言葉に、ギクリとする。
　さ、さすが……お見通しだ。
　このままごまかしても、多分ミオには通用しない。
　私は苦笑いを浮かべて、正直に話すことにした。
「……えっとね……」
　教室に戻ってきたら、ミオに話そうと思っていた純くんへの気持ち。
　昼休みにあったことと……私の今の気持ちを、ミオに話した。

　話し終えると、ミオは優しく、「そっか」と頭を撫でてくれた。
　そして、「これからどうするか、ちゃんと考えなね」と言われた。
　そうだった。思わず『バカ』なんて言ってその場を去っちゃったけど、私、これからどうするか、全然考えてない。
　あぁ……と、うなだれていると、ミオは笑って言った。
「昼休みにも言ったけど、あせらなくていいのよ。一応今、アンタと王子はケンカ中なワケでしょ。まだ気持ちの整理がつかないんだったら、とりあえず保留にしとくのもアリじゃない？」
　なるほど……。
　それも、そうかも。

「そう、だね。うん」
　じっくり、考えないといけないことだよね。
　「ありがとう」と言うと、ミオは優しく「どういたしまして」と言ってくれた。

　放課後になって、クラスメイトがぞろぞろと帰りはじめる。
　今まさにカバンを持って席を立とうとしたとき、廊下から声をかけられた。
「松本ー、ちょっと手伝ってくれー！」
　……担任の、声。
　扉からのぞくと、先生は重そうな荷物をたくさんかかえていた。
　なんだか、今にも落としてしまいそうな感じで……。
「松本、早くーっ！」
　わわっ、あぶない！
「ちょっ、ちょっと待ってください！」
　あわててカバンを机に置いて、私は先生のもとへ走った。

「……じゃ、ありがとな、松本！」
「いえ……」
　晴れ晴れとした先生の顔とは対照的に、グッタリした顔の私。
　疲れきった顔で先生に「さようなら」と言ってから、私はいつもお世話になっている資料室の扉を閉めた。
　あれから、ここから職員室まで、荷物運びで何度も往復

させられた……。
　普段の運動不足のせいで、もうヘトヘト。
　廊下を歩きながら、ため息をついた。
　教室を出てから、多分30分は経っている。
　……ううん、いいんだ。
　人助け、したんだし！
　教室のある階への階段をあがり終えたところで、人影が見えた。
　え？
　パッと顔をあげて、そっちを見てみると……。
「……大和」
　近くの壁にもたれて立つ、大和の姿があった。
「あ、やっと戻ってきた。手伝い、お疲れ」
　驚く私を見て、大和はおだやかに笑っている。
　……なんで……。
　あせる気持ちを抑えて、「ありがとう」と笑いかけた。
「どうしたの？　もしかして、私に、用事？」
「あー、うん。用事っていうか、一緒に帰れるかなって思って。話したいこと、あるからさ」
　その言葉に、中学の頃を思い出す。
　私は「そうだね」と笑った。
「私も、大和に訊きたいこといっぱいあるんだ。いいよ、一緒に帰ろう。久しぶりだねー」
　私がそう言って歩きはじめると、大和も「そうだね」と言って、隣に並ぶ。

ふたりでしゃべりながら、教室へ戻る。
　　　私が話して、大和が相づちを打ってくれて。
　　　優しい優しい、雰囲気。
　　　なつかしくて、安心する。
　　　……変わってないね、あの頃と。

「あ、資料室にケータイ忘れた！」
　教室を出ようとして、ポケットにケータイが入ってないことに気づいた。
　荷物運ぶときに落としそうだったから、資料室の棚に置いてきちゃったんだよね。
　あぶない、あぶない。
「ゴメン、ちょっと取りにいってくる！」
「ハハ、わかった。カバン持って昇降口、先に行っとくね」
「ありがとー！」
　教室を出て、私は走りだした。
　さっきの疲れからか、すぐに息が切れる。
　資料室に入り、扉を閉めた。
　職員室へ戻ったのか、先生はもういない。
　そのまま扉に寄りかかって、息を整える。
　……変わってない、あの頃と。
　おだやかな表情も、落ちついた声も、優しい笑い方も。
　そのことに安心して、でも、思い出すから苦しくて。
　ぎゅうっと手のひらを握りしめて、私はその場に座りこんだ。

……もう、同じ制服を着て並んで歩くことなんて、ないと思っていたのに。
　転校してくる、なんて。
　思い出してしまう。
　中学の頃、一緒に過ごしたあの時間を。
　大切な大切な、思い出を。
　……どうして、今なの？
　どうして、純くんを"好き"だって気づいてしまった、今なの？
　思い出して、しまうよ。私の記憶の中に強く強く残った、彼の表情を。
『……好きだ』
　私を見つめる大和の唇が、そう動く。
　どうしよう、大和。
　私、ちゃんと笑えているかな……？

過去と今

　大和と出会ったのは、中学2年生になったばかりの頃だった。

　同じクラスになって、偶然、委員会が一緒になって。

　ドンくさい私に、あきれもせず笑ってくれる大和と、私はすぐ仲よくなった。

　なにか困ったことがあったら、いつでも相談に乗ってくれたり。

　つらいことがあって泣く私を、なぐさめてくれたり。

　気づけば大和の存在は、私の中で、とても大きなものになっていたんだ。

　中3になってからは、ミオが受験勉強のために塾に通いはじめたりして、大和と帰ることが多くなった。

　夏休みは図書館で、頭のいい大和に勉強を教えてもらったりして。

　多分、日常の中で、ミオの次によく話していたと思う。

　あまりに仲がよくて、付き合っているんじゃないかと言われるほどだった。

　そのときは、なんの気なしに否定していたけれど、今思えば、私は大和のことを知っていたつもりで、なんにも知らなかった……。

　知らず知らずに大和を傷つけていたこと、そしてそれを彼が上手に隠していたこと。

ホントに知らなかった。
　取り返しのつかないほど傷つけてしまった、あの中3の冬の日までは……。

「母さんがね、今年の夏に倒れたんだ」
　中学の頃を思い出していた私は、その言葉で我に返った。
　久しぶりの、大和との帰り道。
　なにげなく転校の理由を訊くと、大和は悲しそうにそう答えた。
「え……倒れた、って」
　大和のお母さんには、私も中学の頃、お世話になっている。
　あのおばさんが、倒れたなんて。
「今、入院してる。働きづめだったから過労が原因の病気だよ。学費免除ではあったけど、前の学校は経済的に通い続けるのが厳しかったんだ」
「……そう、だったんだ」
　……大和の家は、中3のときに、両親が離婚している。
　大和が通っていたのは、私立の進学校だった。
　大変、だったんだろうな。
　……あれ。おばさんが入院してるってことは……。
「まさか大和……ひとりで家に住んでるの!?」
「ハハ、うん。僕ひとりで家にいる」
　や、大和は笑ってるけど……。
　でも私、わかるよ?
　大和の顔が、ときおり苦しそうな、力ない表情になること。

……ちゃんと、気づいてるよ。
　　夕日が、私たちを赤く照らす。
　　影(かげ)がうしろに長く伸びていた。
「……私にできることがあったら、言ってね。困ったときは、相談してね」
　　このぐらいしか言えないけど……。
　　心配そうに見あげる私に、大和は優しい笑顔をくれた。
「うん。ありがとう」
　　今まで、何度も大和に助けられた。
　　私は、それをちゃんと返せてない。
　　だから、もっと大和の力になりたいよ。
　　それからは学校のこととか、友達のこととか、他愛(たあい)のない話をした。
　　自分の家に近づくにつれて、思い出すのは、あの日のこと。
　　私と大和が唯一(ゆいいつ)、お互(たが)いの心が遠く遠く離れていると感じた瞬間。
「わざわざ送ってくれて、ありがとう」
　　私の家の玄関先。
　　大和は中学の頃もそうだったけれど、当たり前のように家まで送ってくれた。
　　久しぶりの感覚になつかしさを感じて、うれしい気分になる。
　　けれど大和はふと、あのときのような表情をして、私を見つめた。
　　……あ。

愛おしそうな、切なそうな顔。

大和は、かすかに笑って、口を開いた。

「……色葉」

優しく……優しく、名前を呼ばれる。

……あぁ、思い出してしまう。

心の奥底にカギをかけて、しまっていた記憶が……。

中3の冬の、ある日。

こうやって家まで送ってもらって、今みたいに玄関先で笑い合って。

大和がふと真剣な顔をして、あのさ、とつぶやいた。

いつものように返事をしたら、告げられたんだ。

『……色葉が、好きだ』

彼の目が、まっすぐ私を捉えていた。

それがいったいどういう意味の"好き"なのかは、私でもわかった。

『…………』

苦しいくらいの静けさが、あたりを包む。

現実への実感が湧かなくて、私はただただ、呆然としていて。

『……ごめ、ん……』

そんなことしか、言えなかった。

そんなつたないひと言しか、言えなかった。

ただ、口が動いてくれたのが救いだった。

もっと言うべきことが、あったはずなのに。

それなのに、なにも言えない。
　なにを言ったら傷つけないで済むのか、なんて、ずるいことを考えて。
　私の顔を見た大和は自嘲気味に、ふっと笑った。
『……うん。だよね』
　わかってたけどさ、と笑う。
　冷たい冷たい風が、頬に当たる。
『……ごめん、色葉。いきなり、こんなの』
　ちがうの。
　謝らないで。
　笑わないで。
　あの日の私が、今も訴えてる。私が、悪いのに。
『なかったことにして』
　そう言う大和の表情は、あきらかに無理をしていた。
　笑わなくていい。
　無理に笑わなくていいのに。
『……っ、やまとっ……』
『今までどおりに、友達でいよう』
　……そんな。
　大和に言われたら、私はなにも言えないよ。
『じゃあね』
　いつもどおり手を振ると、大和は歩いてきた道を戻っていく。
　私は手を振り返すこともできずに、立ち尽くしていた。
　なにも言えなかったことが、情けなくて。

大和に、あんな顔をさせてしまった。
　苦しくてくやしくて、その夜、部屋で泣いた。
　ごめん、と何度も繰り返して……。

「……色葉？」
　はっと気づくと、大和が私をいぶかしげに見ていた。
「……泣いてんの？」
　心配そうな瞳に、あわてて「ちがうよ」と否定した。
「ごめん、ボーッとしてた」
「多いねー、色葉は」
　そう言って、大和はあの頃のように笑っている。
　笑い合える今に、ホッとする。
「じゃあ色葉。また明日、学校で」
「うん。今日は、いろいろありがとう！　バイバイ」
「ん、バイバイ」
　そして、大和は去っていく。
　私は涙をこらえて、その背中を見ていた。
　あの日の翌日、大和はホントに何事もなかったかのように振るまった。
　大和がそれを望むなら、と、私も今までどおり接した。
　けれど、年が明けた頃から、委員会の活動も終わり、話すことが少なくなった。
　それから、私は胸にわだかまりをかかえたまま、卒業した。
　……返して、いきたい。
　たくさんたくさん、大和にもらってきたから。

突然のお誘い

　大和と帰った日から、1週間が経った。
　チラッと斜め前を見ると、大和が男子とワイワイ楽しそうに話している。
「すっかり、なじんでるねぇ」
　ミオのつぶやきに同感。
　大和はこの数日間で、すっかりクラスになじんだ。
　カッコよくて優しいけど、気取ってる感じは全然ないその姿は、女子にも男子にもモテるみたい。
　よかった。
　私も大和とフツーに話せてるし、一件落着だよー。
　……と、言いたいところなんだけど。
　まだひとつ、重大な問題が残ってる。
　絶賛ケンカ中の……純くんとのことだ。
　あれから、昼休みになっても私は空き教室に行っていない。
　どんな顔をして、なにを言えばいいのか、わからないから。
　……あっちが、どう思ってるかはわかんないけど。
　でも、やっぱりスッキリしない。
　2組は別館だから、めったに姿も見かけないし。
　このままじゃダメだ、という気持ちはある。
　謝るべきかなぁとも思う。
　けど……まだ、会う勇気がない。
　なんで、あんな一方的に怒っちゃったんだろうって、

ちょっとだけ後悔もするけど……やっぱり、あのときはダメだって思っちゃったんだよね。

　そんなモヤモヤをかかえたまま、今日も昼休みがやってきた。
　いつもどおりミオとお弁当を食べていると、大和が声をかけてきた。
「色葉。今日、一緒に帰れる？」
　……あ。今日、は……。
「残念だけど、あたしが先約でーす」
　べっと舌を出して笑いながら、ミオが大和にピースした。
「……あ。そっか」
「うん、ごめんね。なにか用だった？」
「んー……あのさ、丸井さん、ちょっと確認」
「ん？」
　ミオが首を傾げると、大和がコソコソと耳打ちしはじめた。
　大和がミオになにか言ったかと思うと、ミオはぱぁっと顔を明るくする。
　そして、またふたりでコソコソ。
　ええ？　なに話してるんだろう。
　ときおり私を見ては、ふたりは話を続ける。
　やがて、ふたりはニッコリ笑い合って、私の方へ向き直った。
「今日は、大和くんも入れて３人で帰ろっか！」
「へっ？」

大和も!?
　いったい、なにを話したの?
「……お邪魔?」
　大和があからさまに、しゅんとする。
「いやいや!」
　首を振ると、「んじゃ、決まりね」と、ミオがニッコリ笑って言った。
　な、なに……!?
　私だけ、状況についていけないよぉ。
　そのとき突然、教室のうしろの方から、女子たちの甲高い声が響いた。
「キャアーッ!　王子じゃん!」
　えっ……!?
「王子ーっ」と、ワイワイ声が聞こえる。
　じゅ、純くんがいるのっ!?
　振り返ると、女子と男子がワイワイと囲んでいる中に……純くん!!
　目を見開く私を見て、ミオが含み笑い。
「珍しーっ!　王子たちが本館来るなんてっ!」
「なんか用ー?」
　2組のイケメン集団を、女子たちが囲んでいる。
　純くんは笑ってこそいなかったけど、それなりに会話してるみたい。
「すごい群がってるね。王子って、あのイケメン?」
　転校したての大和は、まだ純くんのことを知らないみたい。

どぎまぎしている私の代わりに、ミオが答えてくれた。
「そーそー。学校のクール王子」
　ま、私はタイプじゃないんだけどねと、しれっと言うミオ。
　よく言うよ……。
　最初、私が純くんとはじめて話したって言ったとき、すっごいテンションあがってたクセにぃ。
「へー」
　リアルにそんな人いるんだねと、大和は感心のご様子。
　そんな中、「なんの用で来たの？」と訊かれている純くんが、「あぁ」と言った。
「６組に転校してきたっていう、さわやかイケメンを見にきた♪」
　そう言ってニカッと笑うのは、純くんの横にいるヤンチャそうな男子。
　えっ……。
「イケメンな転校生って……」
　その言葉に、みんながこっちを見る。
　正確にはこっちじゃなく、私の横に立つ大和を。
　私とミオも、思わず大和を見あげた。
「……え？」
「僕？」
　キョトンとして自らを指さす大和。
　その様子に、２組の男子が明るく笑った。
「発見ー。な、今日の放課後、俺らと遊ばねえ？」
「……へ……」

その突然のお誘いの言葉に反応したのは、大和ではなく、その周りの女子たちだった。
「あたしも行く――――!!」
「ついてく――――っ!!」
　大和はまだなんの返事もしていないのに、女子たちが一斉に手をあげている。
　私もミオも、当然大和も、ぽかんとしていた。
　え……え？
　大和が……純くんたちと……!?
「どーするー？」
　2組の男子が女子を見まわして、おもしろそうに笑う。
　大和は「んー……」と、ものすごく悩みはじめてしまった。
「でも……せっかく誘ってもらってるし……」
　もしかして、私たちとの約束のことで迷ってるのかな。
　それなら、べつに気にしなくていいのに。
　けれど大和はチラリと私を見ると、2組の男子のところへ歩いていった。
　そして、またもやコソコソと話しはじめる。
　するとその男子が、わはっと笑って叫んだ。
「よ――っしゃ！　んじゃ、松本さんと丸井さんも、一緒に行こ――っ！」
　えっ……。
「ええっ!?」
　私とミオと大和はびっくり。

わ、私たちも行くの!?
　その様子に、純くんが私を見てニヤッと笑った。
「……いーじゃん？　男子だけだと暑苦しいし。おいでよ」
　バキューーーン。
　そんな音が、私の心に響きわたった気がした。
　久々に見た、純くんのイジワルな笑み。
　みんなの前で見せていいの……？なんて思えるほど、今の私に余裕はなくて。
「キャーーー!!　王子が笑ったぁーー!!」
　顔を赤くした女子たちが叫ぶ中、私は久しぶりにクラクラ。
　すると、私の様子を見ていたミオが、静かに立ちあがった。
　サラサラの黒髪を揺らして、無言でドアの方へ向かう。
　そして、純くんの前に立つと、これ以上ないほどキレイな笑顔で、言った。
「行きます」
　もう、頭が追いつきません……。

縮まらない距離

　学校を出てから、数分後。
　私は早くも、後悔していた。
「じゅーんー！　次どこ行くー？」
　甘えたような猫撫で声が、純くんのいる前の方から聞こえてきて。
「ね？　いーじゃん、ミオちゃん……俺と付き合ってみよーよ。大事にするよ？」
　うしろから聞こえるラブコールは、私の大事な親友を、必死で口説こうとしている。
「ねぇねぇ、大和くんって、彼女いるの？」
　おまけに、横にいる大和の周りからもまた、甘い声。
　そして……。
「色葉ちゃん、ね、聞いてる？」
　私の両どなりにもまた、２組の男子が歩いていた。
　ああ……なぜ、こんなことに……。
「ご……ごめん、ぼーっとしてたぁ」
「アハハ、さすが色葉ちゃん。天然可愛いー」
　アハハ……なんて、笑えなーい。
　放課後になり、私とミオ、そして大和は純くんたち２組の男子たちと、学校帰りに商店街をぶらぶらしている……予定だった。
　なのに、他にも２組の女の子たちが４人、ついてくるこ

とになって。
　もともと、純くんたちが近いうちに遊ぶ約束をしていたらしい。
　だけど今回、大和も来るってなっちゃったものだから。
　その女子たちは、今がチャンスだと言わんばかりに『今日遊ぶ』って言ってきたんだって。
　よりによって、私の苦手なタイプの派手な子たちだし……。
　ミオとふたりでのんびりこの時間を過ごしながら、あわよくば純くんと話せたらいいなあ……なんて幻想を抱いていた、数時間前の自分を殴りたい。
　ミオなんか、２組の男子につかまっちゃってるし。
　私は私で、はじめましてな男子に、はさまれてるし。
　純くんに誘ってもらえて、すっごくうれしかったのに。
　なーんか、遠いし……。
　もう、どうなってんのぉー？
　こんなことなら、いつもどおり家に帰って寝てた方がよかったよぉ。
　女子の誰かが行きたいと言って、ぞろぞろと集団でゲーセンに入る。
　……周りの人や学生が、すごいこっちを見てるんだけど。
　全体的にイケメンと美少女が多いからね、この集団。
　ゲーセンに入ると、やっと男子たちが私から離れてくれた。
　よ、よかった……。
　前の方にいる女の子に、声をかけている。
　うんうん、可愛い子にＵＦＯキャッチャーで、いいとこ

見せなきゃいけないもんね。
　私はなんだか気疲れして、ヘトヘトだし。
　やっと高いテンションの女の子たちから解放された大和も、ほっと息をついているみたい。
　目が合って、思わずふたりして苦笑いした。
　ゲーセン特有の爆音が、耳にうるさく響く。
　……前の方では相変わらず、純くんと２組の女の子が並んで歩いていた。
　やっぱり純くんは、冷たい表情をしていて。
　……あんなにキレイな女の子に対しても、ああなんだな。
　そう思うと、ますます私に対して笑いかけてくれてたことに、胸がキューンとなる。
　……なにさ。
　女の子とばっか、話しちゃってさ。
　モテる人なのは、わかってたけど。
　周りにキレイで可愛い女の子なんて、たくさんいるのに。
　私の前でだけ、あんなに素敵に笑うんだもん。
　……好きに、なっちゃうよ。
「色葉！」
　涙が出そうになっていたら、突然、名前を呼ばれてびっくりした。
　見ると、男子たちに口説かれていたはずのミオだった。
「ごめん、ひとりにして！」
「……ありがとー、ミオぉ……」
　ミオ、美しいよ。イケメンだよ。

その姿が、まぶしいよぉ。
「ミオ、男装(だんそう)したら王子様になれるね……」
「は？」
　私を見て、頭大丈夫(だいじょうぶ)かって顔してる。
　うん、大丈夫。ミオはそれでもキレイだよ……。
　ミオはなんだか疲れた様子で、深いため息をついた。
　だいぶしつこく、男子たちに言いよられてたみたい。
「やっぱり、色葉といるのが、いちばん楽だわ」
　あぁっ、思わず胸キュン。
「ミオーッ」
「あーハイハイ、抱きつかない。暑苦しい」
　ミオと一緒に、ゲーセン内を歩く。
　ときおり、女の子と一緒にいる純くんの姿が見えた。
「…………」
　ぼうっとそれを見つめる私を見て、あわててミオがUFOキャッチャーを指さして、声をかけてくれる。
「……い、色葉。なんか取ってあげようか」
　……セリフがイケメンだよ、ミオ……。
「……ううん、いいよ。ありがとう。ミオは、なにかやらないの？」
「あ、あたし？　んー……あ、あれ可愛いー！」
　指さすと、ミオはそこへ走っていく。
　ミオが男子だったら、絶対に惚(ほ)れちゃってるなぁ……」って、よく思う。
　自慢(じまん)の親友だよー！

周りは適当にグループに分かれて、ゲームをしているみたい。
　大和はUFOキャッチャーに挑戦(ちょうせん)して、見事に可愛らしいクッションを取って、騒がれていた。
　……そういえば大和って、あーゆーの得意だったよね。
「……んー、取れるかなぁ」
　ミオは、なんだかちょっと変な顔のキャラクターのキャッチャーに挑戦している。
　私は横で、その様子を見ていたんだけど……。
「……あ、いたいた！　ミオちゃんと、色葉ちゃん！」
　さっきミオを口説いてた２組の男子たちが、私たちのところへ来た。
　ミオが、あからさまにイヤそうな顔をする。
「……なに？」
「うお、ミオちゃん、怖っ。そんな顔しなくてもいいじゃんー」
「さっきは悪かったって！」
　ごめんと謝る男子たちに、ミオはまだムッとした顔。
　けれど、男子のひとりがUFOキャッチャーを見て、「おっ」と言った。
「ミオちゃん、これ取ってんの？」
「……そーだけど……」
「俺、得意だよ。取ろーか？」
　……あ。
　なんかミオの顔が、ちょっとやわらかくなった。

うーん……私、お邪魔かなぁ?
　もうひとりの男子を見ると、私の視線に気づいて、ニコッと笑ってくれた。
「色葉ちゃん、どっか行く?」
「えっ……。あ、えーと……」
　ど、どうしようかな。
　私、この人の名前すら知らないし。
　一緒に回るとかは……話、続かなそうだし。
　……断ろうっ。
「……えっと……私……」
　チラリと視線を動かして見えたのは、女の子たちとしゃべってる純くん。
　……その姿が、なんだか無性にムカついて。
　ぎゅうっと、また心臓が締めつけられる。
　なんか……苦しくて、痛い。
「……私、ちょっと飲み物、買ってくるね」
　男子の顔を見ずに、さっとその場から離れた。
　たしかこっちに、自販機があったはず。
　……ホントは、喉なんて渇いてないけど……。
　あの光景から目を離したいと思った。
　女の子たちの声を、聞きたくないと思った。
　自販機の前に立ち止まって、ハアッとため息をつく。
　……なに考えてるんだろう、私。
　純くんには『彼女じゃないのに、キスしないで』なんて言っておいて。

私こそ、彼女じゃないのに、嫉妬してる。
　……自分勝手。ヤなヤツ……。
　いちごミルクを買って、ストローを刺す。
　ちゅうっと吸うと、甘い味がした。
　……やだなぁ。
　純くんに誘われて、ちょっと舞いあがっちゃったから。
　仲直りできるかなぁなんて、思っちゃった。
　……近づけない。
　空き教室では、すっごく近い距離にいたのに。
　はじめて別館で、純くんと会ったときを思い出した。
　やっぱり、まったく知らない人みたいだ。
　純くんの"普段"と、接点がないから……冷たい表情をしている純くんに、慣れないっていうか。
　話しかける勇気なんて、出てこないよ……。
　いちごミルクを飲みながら、ゲーセンをフラフラ歩く。
　すると、うしろから、やわらかくてフサフサしたものが肩に触れた。
「ひゃっ!?」
　振り返ると、そこにいたのは、たくさんの風船を持った、ウサギの着ぐるみさん。
　なんか……私を、見てる。
「な、なんですか……？」
　おびえながら訊くと、着ぐるみさんはなにも言わずに、ひとつ風船を差しだしてきた。
「……へ？」

ピンクの風船と、着ぐるみさんを交互に見つめる。
　当たり前だけど、着ぐるみさんの表情は変わらない。
「……くれるの……？」
　着ぐるみさんは、こくっとうなずいた。
　びっくりしながら、風船を受け取る。
　着ぐるみさんは、そのやわらかそうな背中をこっちに向けて、去っていった。
「…………」
　……なんで、くれたんだろう、私に。
　えっ、私、高校生だよ？　一応。
　制服着てるし……こ、子供じゃないよっ!?
　たしかに、背は高くないけどっ！　150センチしかないけど！
　風船持ってる女子高生なんて、変だよぉっ!?
　はずかしいよー!!
　周りから視線を感じて、早くこの場から逃げだしたいと思った。
　急いで、ミオたちの方へ戻る。
　……そしたら。
「あははは！　なんで風船持ってんの!?」
　無慈悲にも自慢の親友は、私を指さして笑いだした。
「……もらったの」
「マジで？　誰に!?」
「……ウサギさんに」
「あはははは！　子供じゃん、もう！」

……うう。周りの男子も、笑ってるし。
　ミオは手にふたつ、あの変なキャラクターのぬいぐるみを持っていた。
　取ってもらえたみたい。
「……色葉ちゃん、可愛いよ……っ」
「……笑わないでよ……」
　肩をふるわせて笑いをこらえてるこの男の子は、栗原裕也くん。
　さっき、ミオにぬいぐるみを取ってあげてた人。
　……なんだか、いいカンジ……なのかな？
　私は少しスネて、いちごミルクを飲む。
　しばらくして、ミオや裕也くんたちが、純くんや大和と女の子たちの方へ行ったから、ついていった。
　すると、大和が私を見て、案の定、吹きだした。
「……ふっ……色葉、どうしたの、それっ……」
「……もらったの。着ぐるみさんに」
「……そうなんだ……っ」
　……ミオみたいに爆笑されるのもイヤだけど。
　なんか笑いを必死にこらえられるのも、イヤだなぁ。
「色葉、それ子供がもらうやつじゃんっ？」
　純くんの近くにいた女子のひとりが、私の持ってる風船を見てびっくり。
　うう……そうですけどぉ。
「やだあ、可愛いー」
　あははっと可愛らしく笑う。

もう、みんなしてバカにしてーっ！
　すると女の子は、「ねぇ純一」と、近くの純くんにまで話を振った。
「色葉、子供用の風船もらってるよぉ。超面白くない？」
　ええっ……！　じゅ、純くんに言っちゃうのぉ!?
　純くんは、ゆっくりと私へ視線を移す。
　ドキッ。
　目が合って、かすかに肩がびくりとした。
　……これでもし笑ってくれたら、着ぐるみさんに心の底から感謝するんだけどな。
　そう、期待したんだけど。
　……私を見た純くんの表情は、冷たいまんまで変わらなかった。
「……あー、うん。そうだな」
　それだけ言って、彼は私から目を逸らす。
　その声と表情の冷たさに、思わず泣いてしまいそうになった。
　……やっぱり、ダメなんだ。
　あんなに一方的に怒っちゃったから、嫌われちゃったのかも。
　……でも、純くんは私のそういうところ、『誠実』だって、言ってくれたし……。
「…………」
　呆然と、その場に立ち尽くす。
　みんなは歩きはじめるけれど、足が動かない。

女子が「次、どこ行く？」って言ってるから、ゲーセンを出るんだろう。
「……よかったね、色葉！」
　うつむいている私に、ミオが明るく話しかけてくれる。
　けど、なにも言えない。
「……色葉？　どうしたの？　王子、色葉のこと見てくれたじゃん。うれしくないの？」
「……う、れしい……けど……」
　心の中が、モヤモヤする。
　ホントは、あんな風に冷たい表情をする人じゃないんだよ。
　もっと大口開けて、笑ってくれるもん。
　私はそういう純くんが、好きなのに。
「……色葉？」
　前の方から、大和の心配そうな声がする。
「どした？」
　顔をあげると、ミオと大和が不安げな顔をして、私を見ていた。
「…………」
　……ダメだ。
　心配させちゃ、ダメだ。
「……ご、ごめん。なんでもない。行こ」
　私が歩くと、手に持った風船が揺れた。
　ミオと大和が納得がいかないって顔をして、私を見る。
　けれど無理やり、笑った。
　……まるで、知らない人みたいだった。

たしかに、みんなの前で純くんと話すのは、はじめてだけど。
　……ホントに、はじめて話すみたいで。
　イヤ、だったんだよ……。

不穏なウワサ

　ゲーセンのあと、みんなで行ったのは、このあたりでいちばん大きなデパート。
　そこでもこの集団は、目立ちまくってるんだけど。
　みんなで、ぞろぞろとフロアを歩きまわる。
　……ミオは、なんだか裕也くんといいカンジだし。
　お邪魔するワケにもいかないから、ひとりでさっきの風船を片手に、みんなについていってたら。
　うわぁぁん、と。
　近くで、子供の泣き声が聞こえた。
　……えっ。
　うしろを振り返って、人込みの中、視線を動かす。
　フロアの端で、小さな男の子が泣いているのが見えた。
　歩きながらうしろを見るけど、誰も男の子に話しかけようとしない。
「…………」
　気付いたら、みんなと逆の方向に歩いていた。
　なんだか、ああいうのを見ると、放っておけないっていうか。
　もしかしたら、前の方から聞こえてくる純くんを呼ぶ女の子の声から、逃げたかったのかもしれない。
　私は、男の子のもとへ走った。
「どうしたの？　大丈夫？」

わぁわぁ泣き続けている男の子に、声をかけた。
　男の子は、いきなり話しかけてきた私を見て、びっくりしているようだった。
「お母さんとお父さん、いなくなっちゃったの？」
　訊くと、瞳をうるうるさせて、こくんとうなずいた。
　……迷子かな？
「……ママ、どっか行っちゃった……」
　ふるえた声でそういうと、男の子は再びぽろぽろと涙をこぼしはじめてしまった。
「え、ええっと……」
　あわわ。
　ど、どうしたらいいの、こういうとき。
　思わず走ってきちゃったけど、声かけちゃったけど。
　えーとえーと、と考えて、私は自分の横に揺れるピンクの物体に気づいた。
「……は、はい！　いる？」
　ずい、と。
　男の子に差しだしたのは、ゲーセンでもらった、ピンクの風船。
　男の子……だし。
　ピンクはイヤかな。
　彼は、しばらく私の顔と風船を交互に見つめていたけど、やがておずおずと手を伸ばしてきた。
　そして、「ありがとう」と言いながら、風船のヒモを握る。
　男の子の涙も止まった。

よかったぁ……。
「えっと……お母さん、どこに行ったか、わかる？」
　風船を見つめながら、男の子が首を横に振る。
「……一緒に、探す？」
　そう言うと、男の子は一瞬キョトンとしたあと、「うん」と笑った。
　よしっと、立ちあがろうとしたとき。
「色葉！」
　うしろから、男子の声がした。
　えっ……。
「大和!?」
　私を呼んだのは、息を切らして走ってくる、大和だった。
　私の前に立ち止まると、はぁっとため息をつかれる。
「な、なんで大和が……」
「心配だったから」
　……心配だったから、って。
　大和は男の子を見て、「よかったね」と目を細めた。
「風船、あげたんだ」
「う……うん。……あの、こっちに来て、大丈夫なの？」
　そう訊くと、ムッとした顔をされた。
「それは、色葉もだろ」
「それは……そうだけどぉ」
　だって大和は、女の子たちに囲まれてたし。
　きっと今頃、みんなは不満げな声をあげているにちがいない。

すると、私たちのやりとりを見ていた男の子が、ハッとして人込みの方を見つめた。
「……どうしたの？」
「……ママの声……」
「えっ……」
　聞こえたの？と訊く前に。
「京介(きょうすけ)！」
　若い女の人が、キレイな髪を振り乱して、こっちへ走ってきた。
「ママ！」
　男の子が、ぱあっと笑顔になる。
　……あ。
　お母さん、来てくれたんだ。
「京介っ……よかった……」
　お母さんは男の子の前に駆けよると、ギュッと抱きしめた。
　男の子も、涙を流してすがりつく。
　……よかった。
　女の人は横にいた私たちに気づくと、ぺこっと頭をさげた。
「……ありがとうございます……見ていてくださったんですね。人込みの中、途中ではぐれてしまって」
「あ、いえ……探しにいこうかと思ってたんです。よかった」
　お母さんは、男の子の手をしっかりつかむと、男の子の横に揺れる風船に気づいた。
「それ、どうしたの？」

「おねーちゃんに、もらった」
「あ……あら、そうなの？　ありがとうございます」
　再び、お母さんが頭をさげる。
　わ……私、風船あげただけで、なんにもしてないんだけどな。
　そのあと、男の子とお母さんは、仲よく歩いていった。
「よかったね」
　となりで大和が、安堵（あんど）した声で言う。
「うん……ホントに。風船も、もらってくれたしね」
　持ってるの、はずかしかったもん、あれ。
「じゃあ、僕たちも行こっか」
「あ……うん」
　……優しいなぁ、ホントに。
「や……大和。来てくれてありがとね」
　笑って言うと、大和は少し照れたように、はにかんだ。
「色葉、すぐ迷子になりそうだから」
「そんなこと……は、あるかもしんないけどぉ」
　大和が「でしょ」と言って笑う。
　そうして、みんなのところへ戻ると、ミオが「勝手にいなくなるな、バカーッ！」と抱きしめてきた。
「アハハ、ごめーん」
「もう、心配したんだからね？」
　他のみんなにも「ごめんなさい」と謝った。
　さすがに、ちょっと考えなしに動きすぎたかも。
　反省、反省……。

そう思いながら、またみんなと歩きはじめる。
　けれど、前にいた２組の女子たちが私をチラリと見て、こそこそ話しているのに気づいた。
　髪の長い女の子が、ボソリとつぶやく。
「……ウワサは、ホントだったのかなぁ……」
　……ウワサ？
　聞こえていないフリをしながら、となりのミオと話す。
　でも、しっかり耳は、前にいる彼女たちの方に向けていた。
　すると、もうひとりの女子が、「ホントっぽくない？」と言う。
　私のことじゃないんなら、いいんだけど……と思いながら聞いていると、次に女の子が言った言葉に、私は目を見開いた。
「……絶対、大和くんは色葉のことが好きだって！」
　……え？
　ええっ!?
「……おーい、色葉？　聞こえてる？」
　あまりにびっくりして、ミオの話し声が頭に入ってこなかった。
「え、あっ、うん。ゴメン」
　な、なに言ってるの？
　大和が今も私を好きなんて……あるワケないのに。
　なんで、そんなウワサが、流れてるの？
　さっき、大和が私のことを心配して来てくれたから……？
　あわてて、大和の姿を探す。

幸い、大和は前の方で楽しそうにおしゃべりしていた。
　……よかった。聞こえてない……。
　けれど、女の子たちの言葉は容赦なくて。
「……あのふたり、中学の頃から仲よかったらしいよ」
　……それが、なんだっていうの。
　ドクンドクンと、心臓がイヤな音を立てている。
　女の子は可愛らしい顔をゆがめて、「そのときからさあ」と言った。
「……大和くん、すごいわかりやすかったんだって。色葉が好きってこと」
　……ウソ。
　意味わかんないよ。
　中3の冬、大和が私に告白した。
　そのときはじめて、私は大和をそういう風に意識したから。
　……今も？
　今も、大和は私のこと……なんて。
『心配だったから』と言って、駆けてきてくれた大和の姿を思い出す。
　……ちがうよ。
　そんなの絶対、ないよ。

私と王子様

　デパートを出る頃、もう時刻は７時になっていた。
「わー、まっ暗じゃんー」
「そろそろ帰るー？　こっから家、遠いヤツもいるっしょー」
　……なんか、疲れたなぁ。
　歩きまわったせいもあるし、……気疲れっていうのも、ある。
　眠たくて、思わずあくびが出そうになった。
　デパートの前でちょっとの間、話をしたあと、集団は解散した。
　私と同じ方向なのは、地区が一緒のミオと大和と裕也くんと……男子がもうひとり。
　街灯(がいとう)の下をぞろぞろと歩きながら、私の心臓はものすごい音を立てて動いていた。
　……その、もうひとりっていうのが……。
「へえ。大和、引(ひ)っ越(こ)してきたとかじゃねーんだ」
「うん。ちょっと家で、いろいろあってさ」
　そんな風に、うしろで大和と仲よく話している……純くん、なんだよぉーっ！
　私の前では、ミオと裕也くんが、いい雰囲気でお話ししてるから、邪魔するワケにもいかないし！
　なんでっ！　なんでっ!?
　こっち方向だったなんて、知らなかったよーっ！

「大和の家は、こっから、どのくらい？」
「んー、ここから30分くらいかな」
　私と純くんの間にあったことを知らない大和は、
「そのくらいだよね？　色葉」
　なんて、話を振ってくるワケで……！
「……そっ、そのくらい、かなっ？」
　冷や汗を流しながら、そう返事をする。
　もちろん、前を向いたまま。
　……顔を見る勇気、ないし！
　純くんも、私に話しかけたりとか、全然してこない。
　絶対避けられてるよね、これ。
　いや、それは私もなんだけど。
　すると、こっちへ振り返ったミオが「大和くん」と呼んだ。
　そして、「そろそろさ」と言う。
　……『そろそろ』？
　大和が「ああ」と笑うと、ふたりはカバンの中から袋を取りだした。
　それを、首を傾げて見つめる。
　大和のはなんだか大きくて、ミオのはちっちゃい。
「なにそれ？」
　裕也くんが、ふたりの袋を見つめて言った。
　ふたりはニコニコと、なぜか私の方を見ている。
「……？」
　な、なに……？
　眉を寄せて見つめ返していると、ミオがキレイな笑顔で

言った。
「色葉っ、誕生日おめでとう！」
　……えっ。
　……え？
「誕生日……？」
　ポカンとして、ふたりを見つめ返す。
　えっ……私、誕生日？
「えっ……きょ、今日、何日？」
「22」
　ええっ！
「ウソッ」
　私が驚くと、ミオは「はぁ？」という顔をした。
「……まさか、忘れてたの、アンタ」
「す……すっかり」
「バカね……」
　ミオが、あきれたように、ため息をついた。
　私の誕生日は、11月22日。
　いい夫婦(ふうふ)の日……なんて。
　忘れちゃってた。完全に。
「マジで色葉ちゃん、誕生日なの？」
　裕也くんが、びっくりって顔で私を見る。
「……う、うん……」
「おめでとー！」
　昼休みにミオと大和がコソコソ話してたのは、このことだったんだ。

「んもう、バカ色葉！　ほら、プレゼント！」
「えっ……」
　ミオと大和から、それぞれプレゼントをもらった。
　わ、わあぁぁ……！
　サプライズ、最高だよー！
「あ、ありがとー!!」
　なんだかもう、泣いちゃいそう！
　感動……！
「あ、開けていい？」
「どーぞ」
　まずはミオにもらった小さい袋のリボンを、しゅるっと、ほどく。
「あんまり、いいもんじゃないから、期待しないでね」
　ミオが苦笑いしてるけど、もぉなんでもいいっ。
　私のために用意してくれたものなんだから！
　ミオがくれた袋の中からは、小さな箱が出てきた。
　開けると、可愛いブレスレット。
「可愛い――！」
　思わず叫ぶと、ミオが少し照れたように「うるさい」と言った。
「ミオちゃん、なんか彼氏みたい」
　裕也くんがおもしろそうに笑うものだから、ミオの顔がますます赤くなっていく。
　月明かりにキラッと光る、星の形のチャーム。
　うれしいーっ！

「ありがとーっ！」

　ああもう、大好き！

　抱きつくと、ミオは唇を尖らせて「どーいたしまして」と言った。

「次は、大和の！」

　大和にもらった、ちょっと大きな袋を開ける。

「丸井さんのあとだと、すごくはずかしいんだけど」

　大和はなぜか、申し訳なさそうに言うけど……。

　な、なんだろう。

　袋に手を突っこむと、なんだかやわらかい。

　……あれ？　……この感触って。

「……枕？」

　出てきたのは、白いウサギさんの抱き枕だった。

　それを見たミオと裕也くんが、ぶっと吹きだす。

「なんで枕……っ」

「……色葉には、これしか思いつかなかった」

　ハハッと笑う大和。

　私は瞳を輝かせて、抱き枕を見つめた。

「……この可愛らしいデザイン、やわらかさ……！　スゴイ、大和！　これは、やばいよ!!」

「出たよ、睡眠オタク」

　これで寝たら、どんなに気持ちよく寝れるだろう……！

「気に入ってくれたんなら、うれしい」

「うん、超気に入った！　ありがとーっ」

　さすが大和、私のことよくわかってる──！

「もう、ホントにありがとう！　ふたりとも最高だよーっ」
「いえいえ。喜んでもらえてなにより」
　その場が少しの間、笑いに包まれたあと、再び歩きだした。
　うれしいなあと思いながらも、私はやっぱりうしろにいる存在が気になるワケで。
　……純くん、さっき、おめでとうって言ってくれたのかな。
　ずっと私のうしろにいたから、わかんなかった……。
　こんな素敵なサプライズしてもらって、欲ばっちゃいけないと思うけど。
　おめでとうって、心の中だけでも思ってくれてたら、うれしいなぁ……。
　うしろから聞こえる確かな足音を気にしながら、歩いていった。

　しばらくして、裕也くんが交差点で「俺、こっちだから」と右の横断歩道を指さした。
「じゃあ、また明日」
　裕也くんが手を振って、歩いていく。
　ミオを見ると……あっ。
　ちょっとの間、切なそうに裕也くんを見つめてた。
　そして残ったのは、私とミオと、大和と……純くん。
「……えっと、水野くんは、どこで曲がるの？」
　ミオが、気を利かせて純くんに訊く。
　うんうん、純くん家って、どこにあるのぉ？
「……もうちょっと行ったとこで、曲がるよ」

それだけ言うと、純くんはまた大和と話しはじめてしまった。
　つ、冷たーい……。
　でも、うしろに純くんがいるんだと思うと、やっぱり、うれしかった。
　今日は、純くんの周りに女子しかいなかったしね。
「……よかったね」
　コソッと、ミオが耳打ちしてくる。
　私はしぃっと唇に指を当てながら、ちょっとニンマリ。
　口角があがるのをがんばって抑えていると、ミオがなんだかニヒッと、イヤーな笑みを浮かべた。
　……えっ。なに、その笑み。
　すると、ミオはなぜか私から離れて、うしろのふたりを振り返った。
　そして、「ねえねえ！」と声をかける。
　ええっ、ミオ……!?
　ふたりが「なに？」と答えると、ミオはなぜか申し訳なさそうに、眉をさげた。
　な、なんか……ものすごく、わざとらしく見えるんですけど？
「あのさ。あたし、ちょっとコンビニに用、思い出してさ。行きたいんだけど……」
　……コ、コンビニに、用……？
　大和が、「この辺に、コンビニあったっけ？」と言う。
　街中だけど、見わたすかぎりコンビニはない。

「あー、ちょっと戻ったとこに1軒(けん)あるな」
　純くんが、来た道を見つめて言った。
　そういえば、あったような……。
　大和が「戻ろうか」と言うと、ミオは「あ」と、あわてたように声を出した。
「戻らせるの申し訳ないし、あたしひとりで行く」
「いや、あぶないだろ」
　純くんが、そう言うけれど。
　ミオは私の方をチラッと見て、ニヤッと笑った。
　えっ……なに……!?
　驚いている間に、ミオが大和の腕をつかんだ。
「じゃあ大和くん、一緒に来てくれないかな」
　……ミ、ミオ!?
　ニコニコ笑うミオに、大和が困った顔で「え、僕だけ？」と言う。
「ダメかな？　色葉の家、きっと今頃ケーキとか用意してるだろうし、早く帰った方がいいと思って」
　……まぁ、それは、たしかにそうだけどさ。
　けど、でも！
　ミオ、絶対それだけじゃないでしょお!?
「ダメ？」
「いや……僕は全然いいけど……」
　ポカンとしている私と純くんを見る、大和。
　大和に断る理由はないし、断ろうとも思ってないだろうけど。

大和が迷っていると、痺れを切らしたミオが、ぐいっと大和の腕を引っぱった。
「行こっ！　じゃあ水野くん、悪いけど、色葉をよろしくねっ!!」
　やっ……やっぱりぃ――!!
　結局そうなるんだぁ――――!!
　てゆーか、それが目的でしょぉ!?
「ミっ、ミオっ……！」
　私の声もむなしく。
　大和をなかば引っぱりながら、ミオは歩いてきた道を走っていった。
「…………」
　サーッと、血の気が引く。
　ウ……ウソでしょ。
　ナニコレ、ナニコレ!?
　ふ、ふたりきり……！
　純くんの方を見れない。
　ミオのバカァ――！
　その場で固まっていると、すぐそばから靴が地面にこすれる音がした。
「……なんで固まってんの。行こーよ」
　見ると、純くんがちょっとあきれた目で、私を見ていた。
「……う、うん……」
　……久しぶりに、合った、目。
　それは、私が知っている彼の目で。

ぽわぁっと、私の中にうれしいって感情が広がる。
　……さっきの、あの目じゃなかった。
　普段、彼が他の人に向けている、冷たい目じゃなかったから。
　暗い道を、ふたりで歩く。
「……あの……い、いいの？」
　送ってもらって、いいのかな。
　恐るおそる訊いてみると、純くんは前を見ながら「いいよ」と返事をくれた。
「そもそも今日は、俺が誘ったんだし」
　……そ、それは、そうなんだけど。
　あ、なんか、やばい。ニヤけそう……。
「あ……ありがとう……」
　その言葉で、精いっぱい。
　ガサッと、枕の入った袋をかかえる。
　純くんはチラッと私を見ると、ハハッと笑った。
「誕生日に枕もらうのとか、ホント色葉ぐらいだよなぁ。普通じゃねー」
　……キューン。
　久しぶりに見れた明るい笑顔に、心が痛いくらいに強くつかまれた。
　うっ……うれしい──っ！
　ドキドキを必死に隠しながら、「そうかな」と笑った。
「大事に使わせてもらうもんー」
「だろーな」

うん、普通に会話できてる。

仲直り、できちゃうかな。

「つーか、ホントに自分の誕生日、忘れてたの?」

くくっと笑う純くん。

ムッとしながらも、私は純くんの表情にうれしさを隠しきれない。

ニヤけてしまいそうになるのを必死に抑えて、目を逸らした。

「それは……まぁ、そうだけどぉ。ちょっと、いろいろ……」

あって、と言おうとすると、純くんがこっちを向いた。

目が合って、ドキッと心臓が高鳴る。

純くんは、急に真剣な顔をした。

「……いろいろ、って?」

……え。

「……か、考えごと……とか……?」

純くんの視線から逃れるように、近くの電柱に目を向ける。

な、なになに。

なんでいきなり、そんな顔するの?

「……ふぅん。どんな?」

どっ……どんなっ!?

思わず純くんに視線を戻すと、ちょっとイジワルそうに微笑んだ顔が見えた。

わ、わわっ。

思わず、口をパクパクと動かす。

「ど……どんなって……」

「そんな、誕生日忘れるくらいのことだろ？　色葉のことだから、毎年１ヶ月ぐらい前から誕生日思い出して、ウキウキしてそーじゃん」
　な……!?
「なんでわかるの――!?」
　たしかに、そうっ！
　今年はいろいろゴタゴタしてて忘れてたけど、実は毎年ウキウキしてますぅー！
「ハハ、マジで？　冗談だったのに」
「ええっ！」
　ぼ、墓穴掘っちゃった!?
「で、なに考えてたの？」
「……な、なんでもいいでしょ！」
　や、大和のこととか、じゅじゅ、純くんのこととか……！
　なんかもう、最近いろいろありすぎてっ！
　眉をさげて見あげていると、純くんは「まぁ、でも」と楽しそうに言った。
「誕生日、おめでと」
　……極上スマイル。
　はじけてるっていうか、もう、私が見たかった笑顔で、そんなこと言われちゃったから。
「あ……り、がとう……」
　急いで、顔を逸らす。
　今、顔、絶対赤いもん。
「ごめんな、今日、誕生日とか知らなくて、なにも用意し

てねー」
「いっ、いいよ！　気にしないで！」
　誕生日に、好きな人におめでとうって言ってもらえたってことが、もうすでにプレゼントっていうか！
　すっごく幸せなことだよね。
　なんだか、ケンカみたいになって気まずくなってたのがウソみたいに、普通に話せる。
　仲直り、できるかもしれないな。
　それから、私の家まで他愛のない話をして帰った。

「ありがとう」
　家の前まで来て、玄関前でお礼を言う。
「うん」
　……楽しかった。
　純くんと話すの、楽しかったな。
　やっぱり……仲直り、したいな。
　純くんがそう思ってくれてるか、わかんないけど……チラッと前に立っている純くんを見る。
　……え？
　なんだか、ちょっと気まずそうな顔をしている。
　え、なんで？
　「純くん？」と声をかけようとすると、突然バッと頭をさげられた。
「ごめん、色葉！」
　……えっ!?

え、なに、どうしたの!?
「じゅ、純くん!?」
　あわてて頭をあげさせると、純くんはすごく申し訳なさそうな顔をしていた。
「こないだの……さ、昼休み。色葉、すごい怒ってたじゃん」
　……え……。
　それって、純くんも考えててくれたって、こと?
「……ホント、ごめん。前にもやって傷つけてんのに、また……」
　すごく、真剣に謝ってくれてる。
　考えて、くれてたんだね。
「……ううん、私も……一方的に、怒ってごめんね」
　あのときは、ただだだ怒ってて、純くんが『ごめん』って言ってくれたことさえ、ムカついちゃったんだよね。
「いや、俺が悪いから。怒って当然だよな。ホント……最低だ」
　……なんだか純くんが私にこんなに謝るなんて、変なカンジ。
「……ううん……もう、怒ってないから、大丈夫だよ」
　そう言うと、純くんは私の目をじっと見た。
　えっ、どうしたの?
「……あ、あのさ。イヤだったら、いいんだけど」
「……う、うん」
　純くんの、なんだか純くんっぽくない顔に、ドキドキする。

少しだけ顔を赤くして、彼は口を開いた。
「……もう、キスとかは、しないから。また、空き教室行ってもいい?」
　……えっ……。
　私が驚いてなにも言えないでいると、純くんは私から目を逸らしながら、「イヤだったらイヤって言って」と言った。
　……そ、そんな。
「イ、イヤなワケないっ!」
　思わず大きな声が出て、あたりに私の声が響いた。
　ひやあー、はずかしい!
　私を見て、純くんが「声デカい」って笑っている。
　ううっ……つい。
「ご……ごめん……」
「いいよ。けど、ありがと。俺、色葉に嫌われたと思ってたから」
「きっ!? 嫌いになるワケっ……な、い」
　また大きな声が出そうになって、抑える。
　やっぱり純くんは笑っていて、顔が熱くなった。
　……嫌いになるワケ、ないよ。
　好きだよ……。
　私はむうっと頬を膨らませて、唇を尖らせた。
「……でも、私の眠りは、邪魔しないでね」
「しないしない。俺も、あの教室で寝るの気に入ったから、行きたいだけ。気にせず寝てください」
　ははっと純くんが笑う。

その笑顔に、ぽわぽわとあったかくなる。
　顔も、心も。
「じゃあ、また明日」
　純くんが手を振って、一緒に歩いてきた道を、ひとりで歩いていく。
「……うん。また明日。ありがとう」
「いーえ。バイバイ」
「バイバイ……」
　手を振り返して、純くんの姿が見えなくなるまで、うしろ姿を見つめて。
　姿が完全に見えなくなったとき、夜風がぴゅうっと吹いた。
　……寒いなぁ……。
　私は、のそのそと玄関の扉を開く。
　大好きな笑顔が去っていったあとは、やっぱり寒い。
　家の中に入っても、それはあまり変わらなかった。
　なんだか、しぃんとしてるなぁ、廊下。
　カギ開いてたのに、なんでこんな静かなんだろ？
　とてとてと廊下を歩きながら、純くんのさっきの笑顔を思い出した。
　……あったかいの。
　あの笑顔は、ぽかぽかして、あったかいんだ。
　……うん、あったかい。
　まるで……ひだまり。
　ガチャッと、明かりの漏れるリビングの扉を開ける。
「ただい……」

「色葉、誕生日おめでとーっ！」
　──パンパンパンッ。
　私をめがけて、色とりどりの紙テープが飛んできた。
　えっ……？
　目の前には、クラッカーを持ったお母さんと、優馬の姿。
「おかえりー！　もう、帰るの遅いわよ？」
　ニコニコしているお母さんは、驚いて扉の前に突っ立っている私を、テーブルへと引っぱる。
　誕生日おめでとうって……。
「……わあ」
　テーブルには、ろうそくが立ったホールのチョコケーキ。
　それと、豪華な食事が、並べられていた。
「……つ、作ったの？」
「ケーキは買ったんだけどね。他は、作ったわよ。優馬も手伝ってくれたんだから」
　ね、とお母さんが言うと、優馬は少しはずかしそうに「うん」と、うなずいた。
「……姉ちゃん、おめでとう」
　……また、サプライズ、されちゃった……。
「……ありがとう……」
　じわじわと涙が出てくる。
　お母さんはそんな私を見て、「荷物置いて、着替えていらっしゃい」と笑った。
「お料理、冷めちゃうから、早くね」
　私は、急いで階段を駆けあがった。

……ミオの言ってたこと、ホントになっちゃったなぁ。
　待っててくれた。
　私が帰ってくるのを、ふたりは待っててくれた。
　うう……うれしいなぁ。
　涙がまた出そうになるのをこらえながら、着替えて階段をおりた。

　お料理を食べ終わり、お父さんの写真を見た。
　……お父さん。
　私、16歳になりました。
　とっても素敵な誕生日。
　いろんな人が、お祝いしてくれた。
　腕につけたブレスレットと、ウサギさんの抱き枕を見つめて、ふふっと笑った。
　……すごく、うれしい。
　お母さんと優馬と食べたケーキ、おいしかったです。
　……あのね、ひとつご報告。
　ひだまりを、見つけたの。
　そのひだまりのとなりで眠れたら、どんなに幸せだろうって。
　見つけた王子様は、とっても明るくて優しい笑顔を浮かべる人でね。
　一緒にいると、温かくて心地いいの。
　……少しずつでいいから、近づけますように。
　王子様の笑顔に、触れられますように。

stage 5

バザー委員

「でねでね、お馬さんの背中に羽が生えてね、飛んでっちゃって。なのに、最後お馬さんが暴(あば)れだしてさ〜」
　翌日の、お昼休み。
　から揚げを口にいれながら、今朝見た夢のことをミオに話す。
「……やたらメルヘンね」
　ははっと苦笑いを浮かべるミオ。
「多分ねぇ、枕が、寝心地最高だったからだと思うの。すーっごくいい感触だったんだよ！」
　まさに、雲の上で寝ているみたいな感覚だった。
　きっと、最後にお馬さんが暴れだしたのは、お母さんが寝てる私の体を揺さぶったからだと思うんだけど。
「大和くんにもらったやつでしょ？」
　パクッとミオが卵焼(たまごや)きを食べる。
「うん」
　ニッコリ笑うと、「よかったね」とミオが笑った。
　最後のご飯をひと口で食べると、「じゃあ」と言って、私は席を立つ。
「いってきます」
　手を振ると、ミオは「いってらっしゃい」と言ってくれた。

　資料室に着いて、壁の扉を押す。

郵便はがき

| お手数ですが切手をおはりください。 |

104-0031

東京都中央区京橋1-3-1
八重洲口大栄ビル7階

**スターツ出版(株) 書籍編集部
愛読者アンケート係**

(フリガナ)
氏　名

住　所　〒

TEL　　　　　　　　　　　　　携帯／PHS

E-Mailアドレス

年齢　　　　　　　　　　　　　性別

職業
1. 学生 (小・中・高・大学(院)・専門学校)　　2. 会社員・公務員
3. 会社・団体役員　4. パート・アルバイト　5. 自営業
6. 自由業 (　　　　　　　　　　　　　　　　　) 7. 主婦　8. 無職
9. その他 (　　　　　　　　　　　　　　　　　　　　　　　　　　)

今後、小社から新刊等の各種ご案内やアンケートのお願いをお送りしてもよろしいですか?
1. はい　2. いいえ　3. すでに届いている

※お手数ですが裏面もご記入ください。

お客様の情報を統計調査データとして使用するために利用させていただきます。
また頂いた個人情報に弊社からのお知らせをお送りさせて頂く場合があります。
個人情報保護管理責任者:スターツ出版株式会社 販売部 部長
連絡先:TEL 03-6202-0311

愛読者カード

お買い上げいただき、ありがとうございました！
今後の編集の参考にさせていただきますので、
下記の設問にお答えいただければ幸いです。よろしくお願いいたします。

本書のタイトル（　　　　　　　　　　　　　　　　　　　　　　　　　　　）

ご購入の理由は？　1.内容に興味がある　2.タイトルにひかれた　3.カバー（装丁）が好き　4.帯（表紙に巻いてある言葉）にひかれた　5.本の巻末広告を見て　6.ケータイ小説サイト「野いちご」を見て　7.友達からの口コミ　8.雑誌・紹介記事をみて　9.本でしか読めない番外編や追加エピソードがある　10.著者のファンだから　11.あらすじを見て　12.その他（　　　　　　　　　　）

本書を読んだ感想は？　1.とても満足　2.満足　3.ふつう　4.不満

本書の作品をケータイ小説サイト「野いちご」で読んだことがありますか？
1.読んだ　2.途中まで読んだ　3.読んだことがない　4.「野いちご」を知らない

上の質問で、1または2と答えた人に質問です。「野いちご」で読んだことのある作品を、本でもご購入された理由は？　1.また読み返したいから　2.いつでも読めるように手元においておきたいから　3.カバー（装丁）が良かったから　4.著者のファンだから　5.その他（　　　　　　　　　　　　　　　　　　　　　　　　　　　）

1カ月に何冊くらいケータイ小説を本で買いますか？　1.1〜2冊買う　2.3冊以上買う　3.不定期で時々買う　4.昔はよく買っていたが今はめったに買わない　5.今回はじめて買った

本を選ぶときに参考にするものは？　1.友達からの口コミ　2.書店で見て　3.ホームページ　4.雑誌　5.テレビ　6.その他（　　　　　　　　　）

スマホ、ケータイは持ってますか？
1.スマホを持っている　2.ガラケーを持っている　3.持っていない

学校で朝読書の時間はありますか？　1.ある　2.今年からなくなった　3.昔はあった　4.ない

ご意見・ご感想をお聞かせください。

文庫化希望の作品があったら教えて下さい。

学校や生活の中で、興味関心のあること、悩みごとなどあれば、教えてください。

いただいたご意見を本の帯または新聞・雑誌・インターネット等の広告に使用させていただいてもよろしいですか？　1.よい　2.匿名ならOK　3.不可

ご協力、ありがとうございました！

ドキドキと、心臓が鳴る。
　　とてとてと、ステンレスの通路を通る。
　　……空き教室に行くの、１週間ぶり。
　　あのときケンカしてから、行ってなかったし。
　　漏れた光と少し冷えた空気に、目を細める。
　　通路から出て、名前を呼んでみた。
「……純くーん……？」
「……お、色葉」
　　机に体を預けて、ケータイをさわっている純くんが見えた。
　　ケータイをしまって、さわやかスマイルで「こんにちは」って、あいさつしてくれる。
「……こ、こんにちは」
　　ふわぁあ。
　　ひ、久しぶりだ、このカンジ。
　　純くんだよぉ……！
「来てくれないかと思った」
　　ホントにうれしそうに笑う純くんに、胸がきゅうってなった。
　　緊張(きんちょう)してるのを悟(さと)られないように、精いっぱい声を出す。
「……やっぱり、ここのお日様は、あったかいねぇ」
　　冬でも、あんまり寒くない。
　　教室にいるよりあったかくて、ふふっと思わず笑みが浮かんでしまう。
　　純くんは「そーだね」と笑って、机ベッドの横に座った。
「……俺も、寝よーかな」

えっ……。
　純くんはそう言うと、机ベッドにもたれて目をつぶった。
　……近い、なあ。
　そそくさとロッカーから毛布を出すと、１週間ほど使ってなかったからか、少しだけ机に積もったホコリを払う。
　机に足をかけて乗ると、純くんの頭のつむじが見えて、ちょっと笑った。
　机ベッドの上で横になって、毛布を胸もとまで広げる。
「……おやすみ」
　下から声が聞こえて、頬がゆるみそうになるのをこらえながら、目をつぶった。
「……おやすみなさい、純くん」
　やっぱり抑えられなくて、うれしさで声がうわずる。
　……もちろん、腕の中にいるワケじゃない。だって、彼氏彼女じゃないから。
　でも、なんだか、とっても温かかった。
　このぽかぽかな空き教室と、となりで眠るひだまりの王子様。
　……なんて心地いいんだろう。

「遅刻する———!!」
　それから１週間。
　相変わらず朝、ひゃぁぁっと叫びながら、私は家中をドタドタと走りまわっていた。
「またぁ？　アンタ、遅刻繰り返してると、やばいんじゃ

ないの?」
　お母さんが、はぁっとため息をつきながら、こっちを見ている。
　それはそうなんだけどぉ!
　今から走っても、余裕で遅刻。
　でも、始業から何分オーバーかっていうのと担任の怒りは比例するって誰かが言ってたから、がんばって走らないと……!

　校門へ向かう途中で、ついにチャイムが鳴った。
　門に入り、はぁはぁと息を切らして、靴を靴箱へ入れる。
　あわてているものだから、階段でつまずきそうになった。
　そのとき、うしろから私のお腹に手を回して支えてくれた人がいた。
　びっくりしてうしろを振りかえると、そこにいたのは……。
「大和っ?」
　ほっとした顔で私を見下ろす、大和だった。
「大和も遅刻!?」
　思わず訊くと、大和は苦笑いを浮かべながら、私の背中を押した。
「寝坊しちゃってさ。ホラ、早く教室行こう」
　寝坊なんて、珍しい。
　ふたりで教室へと向かう。
　廊下はしんとしていて、ホームルームのまっ最中。
　……毎度のことだけど、入りづらい。

ふたりで意を決して、扉のドアを開けた。
　――ガラガラ。
「遅刻してすみませ……」
　みんなが、一斉にこっちを見る。
　そして、教卓にいる担任に謝ろうと思って目が合った瞬間、ニヤッとされた。
　えっ？
　めったに拝めない担任のニッコリ笑顔は、私と大和に注がれている。
「遅刻ふたり。松本と佐伯、バザー委員決定だ」
　バザー委員……？
　ぽかんとする私と大和とは逆に、先生は「引き受けてくれたふたりに拍手！」なんて言って、すごく爽快な笑顔。
　教室中に拍手が響く中、私と大和は呆然としていた。

「冬休み前に生徒たちで商品を集めて、地域のクリスマスバザーに、うちの高校も出店して売るんだって」
　ホームルーム後。
　ミオが丁寧にバザーのことを教えてくれた。
「毎年やってるらしいんだけど、もう12月入ったし、そろそろ準備始めないといけないらしくてさ」
　私と大和は、眉を寄せながら話を聞く。
　そ、そんなのやるの……？
「で、当日バザーで売ったり、それまでの準備を中心にする実行委員が、バザー委員。それをする人いないか？って、

朝ふたりが来る前に、担任が訊いたんだけど」
　誰もいなくてさあ、と笑うミオ。
　みんな部活あるもんね……。
「それで困ってたら、ふたりが遅刻してきてくれて」
「……それで、強制的に……？」
　バザー委員にされちゃった、ってワケだ。
「ドンマイ。がんばれー」
　うう。他人事だと思ってー……。
　おもしろそうに笑うミオに、はぁっとため息をついた。
「やるしかないかぁ……」
　そうつぶやいたところで、担任に「昼休み、会議室へ来なさい」と言われた。
　……ひ、昼休み？
　ってことは、空き教室に行けない……イコール、純くんに会えないっ!?
　ガーーン……。
　私と純くんは教室が離れてるし、空き教室以外で接点がないのに。
「……残念だね」
　ぽつりとつぶやいたミオの言葉に、私は思いっきり眉をさげた。

　お昼ご飯を早々に済ませて、私と大和は会議室へ向かった。
「お弁当、食べた気しないよぉー……」
「ハハ、たしかにね」

廊下をトボトボと歩きながら愚痴をこぼすと、大和は笑って返してくれる。
「……えらいね、大和は。面倒だとか思わないの？」
なんだか、私ばっかりぐちぐち言っちゃってる気がする。
大和は「んー」と考えるように上を見ると、「面倒だけど」と笑った。
「せっかく委員になれたんだし、楽しまなきゃ損かなって」
……この、さわやかオーラ。
となりから天然のマイナスイオンを感じて、私は目を細めて、"癒されるぅ"という仕草をする。
「そーだよねえ……楽しまなきゃ損だよねえ」
「そーそー」
強制的だからって、面倒だ面倒だって言ってたら、それこそ、もっとつまんなくなっちゃうよね。
「がんばろー」
とりあえず、ちょっとやる気が出た。
会議室に着いて、扉を開ける。
室内には、もう何人も委員の人がいて、談笑していた。
3学年、各クラスから男女ひとりずつだから、結構な人数になるよね。
その辺でしゃべっていた女子のひとりが、入ってきた私に気づいて、こっちを向いた。
「あ、色葉！」
4組の美海ちゃんだ。
明るくて運動神経のいい、どっちかっていうとカッコい

い系の女の子。
　よかったぁ、知り合い、いた！
「美海ちゃ……」
　呼んで、駆けよろうとしたとき。
「キャ————ッ」
　えっ。
　やけに甲高く叫んだのは、窓際でおしゃべりを楽しんでいた、派手な女子たち。
　彼女たちの視線は、私のうしろに向かっていて。
　私のうしろにいるのは……大和。
　あまりに大きな声に、固まった私と美海ちゃん。
　もちろん大和本人が、いちばんびっくりしてるワケだけど。
「ウソッ、大和くんいるじゃん！」
「やったぁ、一気にやる気出たぁー！」
　中には、飛びあがっている女の子までいる。
　ま、まぁ、やる気出たんなら、よかったのかな……？
「……僕、なにかした？」
　女子たちの姿に、困ったように眉をさげる大和に、「ちがうよ」と美海ちゃんが笑う。
「大和くん、人気だねえ」
　……どうやら美海ちゃんは、あんまり大和に興味がないみたい。
　『人気』という言葉に納得がいかないのか、大和は眉を寄せてあたりを見まわす。
　さっきの女子の叫びのせいで、なんだか室内が静まり

返っていた。
　……だからか、イヤでも目についてしまう。
　離れたところから私と大和を見つめてる、女の子たちの姿。
　その疑うような視線に、あのウワサを思い出した。
　……大和が、まだ私のことを好きでいる……なんて、あるワケない、のに。
　大和が近くの男子のところへ行くと、美海ちゃんが「バザー委員、やばいねぇ」と言って、苦笑いを浮かべた。
「やばいって？」
「目の保養がたーくさん。大和くんもいるんだったら、女子が喜ぶのもわかるし。知ってる？　２組の委員」
　２組……。
　純くんのクラスだからか淡い期待が生まれて、いやいや、と心の中で首を振る。
　そんないい話、ないない。
「知らないー、誰？」
　たしかに、周りを見ると、可愛い女の子も多くて、男子もうれしいだろうなぁ、なんて思ってたら。
「男子、あのクール王子だよ。やばくない？」
　……ウッソ。
「そ、そりゃ、やばいねぇ……」
　まさかの、まさかだぁ。
　びっくりして、心臓が大きく鳴りはじめた。
　思わず、口の端が別の意味で引きつりだして、ちょっと困る。

「まだ来てないみたいだけど、王子が来たら、絶対女子たち騒ぐよねえ。うちはあんま興味ないけど、目の保養になるわー」
　……美海ちゃんは、サッパリしてるなぁ。
「……そーだねえ。うん……」
　一気に頭の中が、もうすぐ来るであろう王子様でいっぱいになる。
　もう興味がなくなったのか、美海ちゃんの話題は別の方向へ行くけど、私は扉の方が気になって仕方ない。
　ドキドキしながら美海ちゃんと話していると、ガラガラッと扉が開いた。
「王子だぁ————っ!!」
　私が目を輝かせたと同時に、女子のひとりが叫ぶ。
　それに続いて、他の女子もきゃいきゃい飛びあがりはじめた。
「学年１の王子が来たね」
　相変わらず反応が薄い美海ちゃんのとなりで、その姿を凝視する私。
　純くんは、周りの男子に笑いかけていた。
「センセーに押しつけられた。面倒ー」
　なんて言ってため息をつく姿に、美海ちゃんみたいなサバサバ女子以外が釘づけ。
　うう、うう、うわぁぁ……！
　心の中でたくさんの天使が舞いあがって、今日起きた偶然のすべてに感謝した。

バザー委員になってよかった！
先生に押しつけられてよかった！
寝坊してよかった！
やった、やった！　うれしいよ————っ！
ニヤニヤしてしまうのを必死に抑えながら、ちらちらと彼の姿を盗み見る。
すると、向こうで男子としゃべっていた純くんが、こっちを向いた。
わ……！
チラ見しちゃってて、ばっちり目が合う。
思わずあわてて口をパクパクさせると、純くんが変なものを見るみたいに、眉を寄せた。
それにあせって、なぜか私の手は胸の前で左右に動きだした。
なにを否定してるのか、自分でもわからないけど。
昔から、あわてると、クセなのか口と手が無意識に動きだしてしまう。
純くんは、しばらくぽかんとそれを見ていると、やがて、ふっと笑った。
「……なにしてんの」
　……周りは騒がしいのに、しっかりと声が聞こえた。
うれしさで、手の動きが止まる。
「……な、なんでもないっ」
「はは」
　……私が、好きな笑顔。

子供みたいな、あの笑顔。
「……なになに、そーゆーカンケー？」
　横で気づいた美海ちゃんが、ニヤニヤしながら訊いてきて、現実に戻る。
「い、いやっ、ちがうよ！」
「えー、ホントにぃ？」
「当たり前じゃん！　友達なの！」
　よく考えたら、他に生徒がたくさんいるところで純くんとちゃんと話すのは、はじめて。
　ど、どうしたんだろう。
　さっそく美海ちゃんに見られちゃったけど……よかったのかなっ？
　からかってくる美海ちゃんに、「ちがうちがう」と必死に言いながら、冷めきれない顔の熱をごまかす。
　やがて先生が来て、私たちは席に着いた。

　バザーについての細かな説明が終わった。
　どうやらバザーが始まるまで、委員会は毎週頻繁にあるみたい。
　みんなは面倒くさそうだけど、私はウキウキ気分。
　大和と一緒に席を立つと、もう会議室を出ようとしている純くんの姿に目がいった。
　……これから空き教室に行かなくても、毎週会えるんだよね。
　今までは校舎もちがうから全然、会えなかったけど。

……うれしいよー……！
　純くんのうしろ姿を見ながら、スキップしそうになるのを抑えて、廊下を歩く。
「ポスター、作らなきゃね」
　となりで大和が、１枚の大きな紙を眺めながら言う。
　各クラスごとに１枚、バザーについてのポスターを作って教室に貼らなきゃいけないらしい。
「そうだねえ」
　さっきの純くんとの会話のおかげで、ニンマリが止まらない。
　大和が、不思議そうに首を傾げる。
「……なんか、機嫌いい？」
「えへへ、バザー委員、やる気になってきたぁ」
「それはいいことだけど……」
　ふふふ。
　純くんと、会話はできなくても接点ができたことがうれしい。
　教室に戻ると、ニヤニヤしている私にミオが「気持ち悪い」という、いいツッコミをくれた。
　けどやっぱり、隠しきれないうれしさは止まらなかった。

戸惑うのは、きっと

　翌日の昼休み。
　いつもどおり、お弁当を早く食べ終えて、ミオに見送られ、足早に教室を出る。
　いつもより、跳ねる足。
　いつもより、跳ねる気分。
　資料室の近くに来る頃には、もうスキップを始めていた。
　さらに、鼻歌まで歌ってしまいそうになるけど、ぐっとこらえる。
　せまい通路を、通常の２倍くらいの早さで進む。
　そして、空き教室の床に足をつけて、私はドキドキしながら口を開いた。
「純くーーん……」
　もう来てる、かな？と思って呼んでみたけど、返事がない。
　今日は早く来ちゃったから、純くんはまだ来てないのかも。
　そう思いながら、机ベッドがあるところへ行く。
「……あ」
　そして、視界に入ったのは、机ベッドではなくて。
　……安らかに眠る、王子様。
「……!!」
　ひゃあ……！
　思わず叫びそうになるのを必死にこらえて、私は目を見開いた。

私が作っていた机ベッドに寄りかかるようにして、純くんは静かに床に座って寝ている。
　周りに薔薇でも広がっていそうな光景に、私はその場で固まっていた。
　……お、王子様の、寝顔が……目の前にっ！
「…………」
　純くんにはじめて会ったときのことを思い出して、ほわっとした気持ちになった。
　やっぱりニンマリしながら、そのキレイな寝顔を見つめる。
　このまま寝ちゃうのは、ちょっと惜しいよね。
　話せないのは残念だけど、これはこれで得した気分。
　はじめて会ったときの印象は、最悪だったけど。
　この王子様、目覚めて早々、人の顔見て笑いだすんだもん。
　あのときはムカついたけど、今はその笑顔が好きだったりするのが、不思議だよねえ。
　もう12月で、いくら日当たりのいいこの教室でも、結構、肌寒い。
　でも、この寝顔を見てるだけで、ぽわぽわしてくる。
　目を細めて見ていると、純くんの髪についている糸くずを見つけた。
　取ってあげようと思い、そっと手を伸ばすと。
　——パシ。
「……え」
　その手が、つかまれた。
「なにしてんのー？」

いつの間にか開かれた片目と、視線がぶつかる。
　びっくりして、私はつかまれた手を上下に振った。
「お、起きてたのっ？」
　すると純くんは、ニッコリと笑う。
「色葉が来たのに気づいたから、寝たフリしてたの」
　ななっ……！
「なんで寝たフリするのー!?」
「どうするかなーと思って。途中で足音止まるから、なにしてんのかと思ったら」
　色葉ちゃんのヘンターイ、と口もとに手を添えて、ニヤニヤされる。
「ち、ちがっ……！　わわ私は、糸くずを……」
「人の寝顔、黙って見てるとか。んで、いきなりさわってくるとか……」
「だから、ちがうの──!!」
　人の話を聞けぇー!!
　ムッとした顔をすると、純くんは楽しそうに笑いながら、「取って」と言った。
「え？」
　取って？
「だから、なんか俺の頭についてるんでしょ。取って」
「あ、ああ、うん……」
　言われたとおり、私はそっと手を伸ばす。
　純くんが黙ってそれを見ているものだから、なんだか、はずかしくなった。

糸くずを取ると、「ありがと」と言われた。
　なぜだか熱くなった頬に、困った。
「今日は早いな、来るの」
　机ベッドに寝転んで、下で机ベッドに寄りかかる純くんとおしゃべり。
　私は毛布にくるまりながら、「眠たかった」と返事をした。
　……ホントは、純くんと話がしたかっただけだけど。
　なんてことは言わず、それっぽい理由をつけていう私、可愛くない。
「つーか、色葉もバザー委員だとは思わなかった」
　純くんの言葉に、ばちっと目が開く。
　そ、そう、それ！
　その話がしたかったの！
「わ、私も純くんがいるとは思わなかった」
　ドキドキしながら、下で笑う純くんを見る。
「先生に押しつけられてさぁ」
「私もだよ。遅刻しちゃって教室入ったら、強制的に」
「はは。俺は『たまには、やってみなさい』って」
　担任の顔が怖すぎて、と笑う純くんに、あったかい気持ちがあふれる。
　……いいな。こんな風に、優しいおしゃべり。
　今だけ、私だけの純くん。
　みんなが見ていない、子供みたいに笑う純くんと、おしゃべり。
　そこで、今日のバザー委員の会議のことを思い出した。

「……そういえば、バザー委員の会議で目が合ったとき、純くん笑ってくれたよね」
　……と言ってから、ハッとした。
　私、またっ！
　なんにも考えずに言っちゃった。
　まだ、どうして純くんが学校で笑わないのか、聞いていないのに。
「ご、ごめ……っ」
「いいよ、訊いて」
　……えっ？
　びっくりして、純くんを見る。
　彼はおだやかに、笑っていた。
　……いい、の？　ワケを、訊いても。
「……なんで今日、笑ってくれたの……？」
　ふるえそうになる声で、そう尋ねた。
　すると、純くんは「もう、いいかなーと思って」と言って、目を伏せる。
　そして、"学校で笑わない理由"を教えてくれた。
「……あのな。俺、中学の頃に"イメージとちがう"って、女子に言われたんだ。"クールかと思ってたのに"って」
　……たしかに、私も最初は思ったんだよね。
　こんなにキレイな顔立ちの人が、こんなに笑うなんてって。
「それでイヤになって、笑わなくなった。そしたら女子も俺のこと"冷たいヤツ"って思って、あんまり近づいてこなくなったし」

おかげで身軽、と純くんは笑う。
　……そりゃ、そうかもしれないけど。
　でも……思いっきり笑えないのって、ヤだよね。
　私が眉をさげて見つめていると、純くんはそれに気づいて「そんな顔すんなよ」って笑った。
　そして、私を見つめて、優しく目を細めて。
「……でも、色葉といたら、やっぱり笑いたいときに笑いたいなって、思った」
　……ホントに？
　私といることで、そう思ってくれたの……？
　うれしくて、舞いあがりそうになる気持ちを抑えて、「うんっ、うん」と何度もうなずいた。
「笑ってる方がいいよっ！　絶対！」
「ありがと。だから、これからは他のヤツの前でも、色葉に話しかけてみようかなって」
　……えっ？
　その言葉に驚いて、「ホントに!?」と訊き返してしまう。
「ホント。覚悟(かくご)しろよ？」
　そう言って、ニヤニヤ笑う純くん。
　うれしいような、ちょっと怖いような。
　……でも、みんなの前でも純くんと話せるってことだよね!?
　やったぁー!!
　思わずニコニコ笑うと、純くんは眉を寄せて「なんだよ」と言ってきた。

「ふふ。うれしくて」
「……なに企(たくら)んでるんだよ」
「素直な気持ちですけど」
　すると、むにっと頬をつままれた。
「ふは、変な顔」
「や、ヤだ、はなひて！」
　ジタバタすると、純くんは、はじけるような笑顔を見せてくれた。
「離して、って、言えてませんけど」
「ひゃなせー！」
　心臓が強く鳴っているのを感じながら睨むと、純くんは笑いながら手を離してくれる。
　……極上スマイル、いただきましたぁ。
　またもやニヤニヤしちゃいそうになって、変な顔になる。
「バザー委員、がんばろーな」
「……うんっ！」
　目に映る光景がキラキラして、耳の奥で純くんの声がこだまする。
　再び机ベッドに寄りかかった純くんに、「おやすみ」と声をかけた。
「おやすみ」
　目をつぶりながら、熱くなった頬のせいで寒くないなと感じた。
　……ホント、好き。
　大好き。

昼休みが終わる何分か前に起きて、純くんを起こした。
　純くんは空き教室の扉から、私は資料室へ続く通路から、お互いの教室へと戻る。
「じゃ、また明日ね」
「うん」
　そう言って、扉を開けて出ていく純くんの片手にはお弁当箱があった。
　そっか、ここで食べたんだ。
　なんか、早くから空き教室に来てくれてるのが、うれしい。
　私はミオとも話がしたいし、お弁当を持っていくのは無理だけど……。
　そんなことを考えながら通路を抜け、資料室を出た。
　廊下を歩いていると、パックのジュースを飲んでいる同級生の女子とその友達が、こっちへ歩いてきているのに気づいた。
　その女子は私に気づくと、「あ」と声を出す。
「色葉ー」
　そう言って、こっちへ来た。
　くるくるに巻いた茶髪を揺らす、4組の鈴ちゃんだ。
　……可愛いなぁ。
「どーしたの？」
「あのね、さっき大和くんが探してたよ」
　大和が？　なにか用事かな。
「そっか、わかったぁ。ありがとう」
　笑顔でお礼をいうと、鈴ちゃんはストローをくわえて

ニッコリ笑った。
　同時に、昼休みの終わりを告げるチャイムが鳴る。
　早く教室、戻らないと。
　鈴ちゃんとお別れして、教室に戻ろうとしたら。
「……松本さん？」
　不意に呼ばれて、振り返った。
　鈴ちゃんのとなりにいる女子が、私を見ている。
　……今、この子に呼ばれたのかな。
　話したことないけど……。
　いかにもギャルってカンジのメイクをしてるその子を、鈴ちゃんは不思議そうに振り返って「どうしたの、菜々花」と言った。
　……菜々花ちゃんって、言うんだ。
　どうしたんだろう？　私に、なにか言いたいことがあるのかな。
　菜々花ちゃんは私に１歩近づいて、じっと見つめてきた。
「え、えっと……」
「あたし、４組のバザー委員なんだけどさ」
　背が高いからか、メイクでちょっと目力が強いからか。
　迫力があって、縮こまりそうになる。
「そ、そうなんだ……？」
　そういえば、昨日見たような。
　それが、どうしたんだろう。
「……なんで、大和くんと一緒になってんの？」
　……思わず、目を見開く。

睨むような目と、キツい口調と……その、言葉に。
　ふるえそうになる声をこらえて、私はゆっくりと息を吸った。
「……一緒に、遅刻しちゃって……先生に、言われて」
「なんで一緒に遅刻？」
「た……たまたま……だよ」
　責めるような、口調。
　話すのはこれがはじめてなのに、あきらかに感じる敵意。
　……まさか。
「ホントに？」
「……ホントだよ」
　しっかりと、目を見て返事をする。
　……信じたくない。信じたくない、けど。
　菜々花ちゃんは、しばらく私を見たあと、「気づかないの？」とつぶやいた。
「……え？」
「鈍感そうだもんね。見た目からして」
　その言葉に、ちょっとカチンと来る。
　……たしかに、鈍感、かもしれないけど。
　私から、なにに気づいてないの？とは、訊きたくない。
　返ってくる言葉は、わかってる。
　信じたくない、けれど。
　黙って見返す私を見て、菜々花ちゃんは今度こそ私を睨んだ。
「なんで、気づかないの？　大和くんの、好きな人」

そして、口を開く。
　……聞きたくない。
　……信じたくない、言葉を。
「松本さん、でしょ」
　ウワサはとうに広まっているのだと、私はこのとき、ようやく知った。

　——ベチャ。
「……あ」
　青の絵の具が、白い画用紙に飛び散った。
　私は思わず叫ぶ。
「わー!!　ごめん大和!!」
　ポケットからティッシュを取りだして、なるべく広がらないように拭きとる。
　大和は苦笑いしながら、「それぐらい、いいよ」と言ってくれた。
　今は、放課後。
　私と大和はふたりで教室に残って、バザーのポスターを描いていた。
　床に大きな紙を広げて、ふたりで筆を持つ。
　昼休みに大和が私を呼んでいたっていうのは、放課後ポスターを作ろう！と言うためだった。
　下描きは、大和がしてくれたんだけど。
　私はさっきから、迷惑しかかけてない気がする。
　飛び散った絵の具は、当然キレイには拭きとれなくて。

薄く、青のシミができてしまった。
「うわー、なんで私、こんなに不器用なのぉー」
「大丈夫だって」
　そう言って大和は、あらかじめ下描きした用紙に、赤い絵の具を塗っていく。
　まったくはみださずに描く様子を見て、私は「なんで、そんなにキレイにできるの！」と声をあげた。
「デザインも配色も全部、大和に考えてもらっちゃったし。私、美術のセンスなさすぎだよー」
「なくても、そんなに困らないって」
「まさに今、困ってるよー！」
　大和は、なんでもできるよねえ。
　うだうだ言ってるヒマがあるなら塗りなさい！とお叱りを受け、仕方なく筆を持つ。
　広がる青いポスターカラーの絵の具を、ぼうっと見つめた。
「…………」
『大和くんの、好きな人……松本さん、でしょ』
　さっきの言葉が、耳をよぎる。
　菜々花ちゃんの、言葉……。
「色葉、そこ青じゃないよ」
　となりから声がして、はっとした。
「わ、ごめん」
　気づいたら、青で塗らなくていいところまで塗ろうとしていた。
「……なんか、ぼーっとしてる」

苦笑いをしながらバケツに筆を突っこんでいると、大和がじっとこっちを見てきた。
　少しドキッとしながら、私はごまかすように笑った。
「……そんなことないよ。ごめんね、集中するね」
　大和は、鋭いから。
　私が再び塗りはじめると、大和も紙に目を向ける。
　沈黙が続いて、時計のチクタクという音が響く。
　先にその沈黙を破ったのは、大和だった。
「……なんか、中学のときを思い出すな」
　その言葉に、筆を動かす手を止める。
　大和は、やっぱり紙に目を向けながら笑っていた。
「……そう、だね」
　私は、紙に目を戻す。
　筆を動かそうとして……けれど、できない。
「ふたりで教室に残って、委員会の仕事してた」
　……うん、覚えてる。
　覚えて、いるよ。
　大和の筆を持つ腕は、せわしなく動く。
　けれど私の手は、動かない。
　いろんなことが頭を駆けめぐって、どうしようもない。
「文化祭の準備とかで、よく教室、残ってたよなぁ」
「…　うん」
「色葉はよく、輪飾り作ってた」
　となりで楽しそうに話す大和の声と、中学のときの大和の声が重なる。

「……なつかしいな」
　ふと、となりを見ると、大和もこっちを見ていた。
「…………」
　ふたりきりの教室で、時計の音が響く。
　優しい優しい、大和がいる。
　あのときより、大人びた表情をして。
　あのときより、優しい声をして。
「……色葉。顔、絵の具ついてる」
　そして、あのときより、男の人の姿をして。
　私に、手を伸ばす。
　知らない、雰囲気をまとって。
　私の知らない、大和の姿で。
「……顔、洗ってくるっ……！」
　頬に伸びてきた大和の指先から逃れるように、私は立ちあがった。
「……え。あ、……うん」
　驚いたような声が、うしろで聞こえる。
　私はバタバタと教室を出て、廊下を走った。
　手洗い場に行って、水道の蛇口をひねる。
　勢いよく流れはじめた水と一緒に、こぼれた私の涙が流れていく。
「……は、っ……」
　くやしくて、唇を噛む。
　ちがうよ。
　大和は、私のことはもう、なんとも思ってないよ。

「……なんで……っ」
　私の中で、大和のイメージはただ仲のよかった中２のときのまま、止まってるんだ。
　優しくて頼りになる、まるでお兄ちゃんみたいな。
　でも、中３の冬のあの日から、おかしくなっちゃったんだ。
　私の中の大和が、変わってしまった。
　『好きだ』って、私に言った。
　その大和を、私は受け止めることができなくて。
　雰囲気こそ変わらないけれど、今の大和だって、どこかちがう。
　少し背が高くなって。
　少し声が低くなって。
　少し髪の色が変わって。
　ほんの少し、ちがうだけだけど。
　あのときから、なにも変わらない私には、大和の変化が怖かった。
　そして、気づいてしまった。
　ウワサなんて、なんとも思っていないなら、もし知ったって、普通にできるはずなんだ。
　……はず、なのに。戸惑ってしまうのは、きっと。
　……あの冬の日、言わなきゃいけなかった大切な想いを、私、なにひとつ言えなかった。
　その後悔が、今も私の中に残っているからだ。

裏庭(うらにわ)で、王子様と

「色葉、ごめん！　今日、裕也くんとお弁当食べることになっちゃって……」

次の日。

私にしては珍しく、みんなと同じ時間帯に登校してきた朝。

教室に入ると、ミオが申し訳なさそうに手を合わせた。

「えっ……ホ、ホントに？　よかったねえ！　がんばってね！」

裕也くんっていうのは、この前、ミオといいカンジになっていた２組の男子だ。

「……う、うん……ホントごめんね、色葉」

ミオはちょっとうれしそうな顔をしたあと、やっぱり申し訳なさそうに謝ってくる。

「気にしないで！　私、今すっごいうれしいんだから、ね！」

笑うと、ミオも眉をさげて笑い返してくれた。

「……ん。ありがと、色葉」

「うん！」

お弁当は理紗(りさ)ちゃんたちと食べて、とミオが言う。

理紗ちゃんたちは、私がいつも空き教室へ行ったあと、ミオがお弁当の続きをよく一緒に食べている子たちだ。

私自身も、ミオの次によく話すグループだから、一緒にご飯を食べるのは全然かまわないんだけど。

「……うん。わかった」

私は小さく笑って、席に着いた。
　……ホントは昨日のこと、ミオに相談したかった。
　あのあと、ポスター作りを終えた私と大和は、ふたりで帰った。
　……でも、なんだか気まずいなって思ったから。
　でも、仕方ないよね。せっかくミオが、いいなって思う人をやっと見つけたんだから。
　応援しなくちゃ。
　私は担任の先生が教室に入ってくるのを、ぼうっと見ていた。

　昼休み、私は理紗ちゃんたちに声をかけることなく、教室を出た。
　このモヤモヤした、沈んだテンションで理紗ちゃんたちと食べるのも、なんか申し訳ないし。
　お弁当を持って、トボトボと廊下を歩く。
　……どこ、行こっかな。
　眠たいけど……空き教室に行く気にも、なれないな。
　純くんと話せたら、ちょっとは元気になれるかもしれない。
　でも元気になったって、この胸のモヤモヤは解決するワケじゃないし。
　昨日は、あんまり眠れなかった。
　頭の整理がつかなくって、ベッドの上で悶々としていて。
　……ヤだな。ウワサに惑わされて、周りに惑わされて。
　今日はマトモに大和を見れなかったし、話もしていない。

こんな状態で、大和にこれ以上、変な態度とれないし……。
「……うぅ」
　うつむいて、窓の外をチラッと見る。
　そして外へと足を向けると、人気(ひとけ)のない裏庭へ行った。
　校舎の白い壁に背を預けて座り、お弁当を広げる。
　……ひとりでお昼なんて、ちょっと、さびしいけど。
　でも、落ちついて考えるには、ちょうどいいよね。
　フォークに卵焼きを刺して、パクッと食べる。
　それにしても……なんで、あんなウワサ。
　たしかに積極的に女子と話す方じゃない大和だから、私は目立って仲のいい女子に見えるのかもしれない。
　けどさ、でもさ。
　……大和はきっと、そんなつもりじゃない。
　大和の態度は至(いた)って、今までどおりだ。
　優しい優しい、大和のまんまだ。
　……なのに、私は小さな変化にさえ、びくびくおびえて。
　情けないったら、ない。
　ごめんね、大和。ホント、ごめんね……。
「……色葉？」
　……え？
　頭上から聞き覚えのある声がして、私は顔をあげた。
　見えた顔に、目を見開く。
「……じゅ、ん、くん」
　それは、私の頭の上にある窓から顔を出した、王子様だった。

「……なにしてんの？　なんで、ひとり？」
　不思議そうに、純くんは私を見おろす。
　私はうれしいような、さびしいような、複雑な気持ちだった。
「……純くんこそ……なんで？」
「俺は、空き教室に行こうとしてたんだけど」
　えっ……。
　あ、そっか。この廊下をまっすぐ行けば、旧校舎へ着くんだ。
「色葉、今日行かないの？」
　……眠いし、たしかに行きたい、けど。
「……今日は……ちょっと。行かない」
　うつむきながら言うと、純くんは驚いたように、ぽかんとした。
「どーした？　超テンション低いじゃん」
　すると純くんは、窓の縁に足をかけて、そのままこっちへ乗り越えてきた。
　私のとなりに足をつけると、草の地面に腰をおろす。
　……一緒に、いてくれるんだ。
「なんかあった？　大丈夫？」
　私の目を見て、心配そうな顔をしてくれる。
　……うう、優しさが身に沁みるよ。
　私はお弁当箱の中のタコさんウインナーを見つめて、「あのね」と言った。
「……私、中学のときから仲のいい男子がいてね？」

一応、大和の名前は伏せておく。
　もしかしたら、純くんの耳にも、ウワサは届いているかもしれないけど。
　話しはじめた私の言葉を、純くんは黙って聞いてくれた。
「その男子が、私のこと好きなんじゃないかって、ウワサが立ってるらしくて」
　言葉にすると、なんだか陳腐(ちんぷ)に感じた。
　よくあること、かもしれない。
　……けど、大和だから。
　大和だから、無視できないんだ。
「その人、すごく優しくてね。私も信頼してるし、気まずくなったりとか、したくなくて」
　けど、でも……。
「……その人がウワサのこと知ってるかは、わかんないけど。私、気にしちゃって。変な態度、とっちゃった……」
　じわじわと、目に涙が浮かんでくる。
　ヤだなぁ、ヤだなぁ。
　なんか私、最近泣いてばっかだ。
　強くなりたいのに。
　強く、なりたいのに。
　純くんは私の頭に手を置くと、ぽんぽんと撫でた。
「……大切なんだな。その人のこと」
　こくん、とうなずく。
「……じゃあ、それこそ、色葉がしっかりしないと」
　私を見て、優しく笑う。

お父さんのことで、私が泣いちゃったときみたいに。
　……心地よい、ぬくもり。
「その人だって色葉が大事だし、嫌われたくない。もし、ウワサどおりだったとしても、色葉はそのままでいなきゃダメだ。もし告白とかされたら、まっすぐ色葉の気持ち伝えて」
　……うん。
　空回りして、大和を傷つけたらダメだよね。
　ウワサなんかに、惑わされずに。
　私は、今の大和を見なきゃ。
「……ウワサは、あくまでウワサだよ。誰になんて言われよーが、その人が大切なら、その人をちゃんと見ないと」
「……うん」
　傷つけたくない。
　もう、あのときのように、大和を傷つけたくない。
　いくら中3のとき告白してくれたからって、今の大和の気持ちはわからないし、大和はなにも言わないんだから、私もなにも聞いちゃいけない。
「……ありがとう。がんばる。ウワサなんて、気にしないようにする」
　純くんの目を見て言う。今度は、しっかりとした強さで。
　明るさを取り戻した私に、純くんはニッコリ笑ってくれた。
「ん。月並みな言葉かもしんないけど、気にすんな」
「ううん、ありがとう。話して、スッキリした。ずっと、モヤモヤしてたから」

誰かに話すことが、必要だったのかもしれない。
　『気にしちゃダメだ』って、誰かに言ってもらいたかったのかも。
「なにごとも、ポジティブがいちばんだよねっ」
　そう言って、お弁当のおかずを頬張る私に、純くんは笑いながら「そーだね」と言った。
　冬だからか、ほとんど人がいない裏庭で、純くんはずっととなりにいてくれた。
　少し寒いと感じていたけど、話しているときは、そんなの感じなかった。
　……好き。
　私は、純くんが好き。
　その想いは、たしかにホント。
　でも、大和は、すごく大切で。
　……大切な、友達で。
　しっかり、しなきゃ。
　ちゃんと自分の思いと、向き合わなきゃ。

すれちがい

　昼休みも終わりが近づき、純くんと別れて、廊下を歩く。
　……うん、がんばろう。
　純くんに会えてよかった。
　元気、もらえた。
　ウワサが広がってたとしても、私がそれに惑わされてちゃ、ダメだ。
　明るい気持ちで、対策(たいさく)を考えようじゃない！
　おー！と拳(こぶし)をあげる勢いで意気込(いきご)んでいると、教室の前で立ち止まっているミオの姿が見えた。
　……？
　なにしてるんだろう。
　裕也くんとの時間は、満喫(まんきつ)できたのかな。
　キョロキョロとあたりを見まわしているミオは、ふと私に気づいて、ハッとした顔になった。
「色葉！」
　……えっ。
　なぜか、あせったような顔で、こっちに走ってくる。
「どこ行ってたの!?」
　ええっ？
　ミオは私の目の前まで来ると、大きな声でそう言った。
　……な、なんでそんな、怒ったような顔してるの？
「え、えっと……裏庭にいたよ」

「裏庭？　空き教室じゃなくて？　……理紗ちゃんに聞いたら、一緒にご飯食べなかったって言うし」
　すごく心配した、というミオ。
　なんかよくわかんないけど、「ごめん」と謝る。
　たしかに理紗ちゃんたちと食べなかったけど、そんな心配するようなことでもないよーな。
「……ゆ、裕也くんとは、どうだったの？　楽しかった？」
　てっきり、ご機嫌かと思っていたのに。
　訊くと、ミオは一瞬悲しそうな顔をしたあと、なぜか目を逸らした。
　……えっ？
　ど、どうしたの？　よくないことでも、あったのかな。
「ミオ？」
　不安になって顔を見ると、ミオはキレイな眉をさげていて。
　……ミオ……？
　見とれるくらいのサラサラな黒髪を揺らした彼女は、そっと私の手を握る。
　自然と教室へと足を動かしはじめると、ミオは「あのさ」と、強気な彼女にしては珍しく、小さな声を出した。
「……王子の、ことなんだけど」
　……純くんの、こと？
「裕也くんに、訊いたの。王子のこと。ほら、仲いいじゃない、あの辺」
　私がうなずくと、ミオは元気のない目で、前を向く。
　教室への道のりが、長く感じた。

「王子のことを好きな女子が、友達にいるんだけど、って。いっぱいいるだろーなって笑われたんだけどね」
　……せっかくの、裕也くんとの時間なのに。
　私のために、訊いてくれたんだね。
「……うん」
「どんな人なのかなって訊いたら、いいヤツだよって」
　……返ってきた答えは、いいもののはずなのに。
　ミオの顔は、曇(くも)っている。
「けど……恋愛に関しては、あんまり、いい方じゃないんだって」
　……そんな顔、しないで。
　自分のことじゃないのに、ミオは切なそうな顔をしてくれる。
　私は廊下を歩く自分の足を見つめながら、「うん」と相づちを打った。
「ひと言でいうと、来るもの拒(こば)まず、去る者追わず、ってやつ。だから、周りは女の子が絶えないし、お世辞にも誠実だとは言えないって……」
　……うん。
　だいたい、わかってた。
「……見るからに、チャラそうだもんね」
　ははっと笑うと、ミオは気を遣ってくれているのか、小さく笑い返してくれた。
「……だからね、色葉」
　ぴたっとミオの足が止まる。

見ると、つらそうに顔をゆがめていて。
　私の大好きな親友は、「色葉がそれでも好きなら、止めないけど」と言った。
「……あたしは、やめといた方がいいと思う。……傷ついて、ほしくない」
　……ミオ。
「……うん。わかってる。純くんがどんな人かは、わかってるつもりだよ」
　出会ってその日にキスするような人だよ、と笑っても、ミオは笑ってくれない。
　……大丈夫。
　それでもね、純くんが好きなの。
　みんなが見てない、あの明るい笑顔の純くんを、好きになったの。
　これで傷ついても、私は私のせいにする。
「……優しいとこも、あるんだよ。さっきだって、相談に乗ってくれて……」
「相談？」
　……あ。
　言ってしまって、ハッとする。
　ミオは眉を寄せて、私を見ていた。
　……これ以上、ミオに心配かけたくない。
　私と、大和の問題だ。
　裕也くんといるときでさえ、私のことを考えてくれたミオ。
　きっと大和のことを相談したら、これから裕也くんから

のお誘いとかも断って、落ちつくまで私のことを優先してくれるんだろうな。

やっと恋を見つけた彼女に、余計なことを考えてほしくない。

私は「そんな大たいしたことじゃないよ」と笑った。

けれど、ミオはさっきよりも、つらそうな、少し怒ったような顔をしていて。

「……理紗ちゃんたちとお弁当食べずに、ひとりでどっか行っててさ。なんか、あるんじゃないの？　なんで隠すの？」

あ……怒らせちゃった、のかな。

「か、隠してないよ。純くんが通りかかってくれてね、話を聞いてくれたから。もう、スッキリしちゃった」

だから大丈夫だよ、と言う。

けれど、ミオの表情は変わらなくて。

「……今日、色葉が元気なかったこと、あたし、ちゃんと気づいてたんだから」

……ふるえた声。

久しぶりに見る、涙を溜めた彼女の瞳に、私は目を見開いた。

「……話してよ。なんで、なにも言ってくれないの？　あたしは、色葉のこと大事だから……っ」

ミオのつらそうな声が耳に響いたとき、向こうから「松本さん」と私を呼ぶ声がした。

見ると、バザー委員の集まりで見た子が、手招きしていた。

「このあと５時間目、バザー委員だけ、会議室に集合だってー」
　その言葉とともに、チャイムが鳴る。
「……行ってきなよ」
　うつむいたミオの、小さな声。
　私も小さな声で「うん」と言うと、ミオの前から足を動かす。
　……どうし、よう。
　話した方がいい？
　話さない方がいい？
　……そういえば、ミオとケンカとか、したことないんだっけ……。
　答えが出ないまま、私は足を会議室へと進めた。

stage 6

彼の素顔に

　それから数日間、私はバザー委員の仕事に追われていた。
　ミオとはなんとなく気まずくて、お昼を一緒に食べなくなった。
　そんな私たちを、クラスメイトは心配してくれたけれど。
　そもそも、お互いを嫌いになってケンカしたワケじゃないし。
　多分、頃合いを見て、私かミオのどっちかが謝るんだと思う。
　……なんか、まるで他人事なんだけどね。
　私はバザーの準備で忙しいし、ミオも裕也くんとのことがあるし。
　お互いのことが落ちついたら話しかけようかなぁ、って。
　この前、ミオは『色葉のこと大事』って、言ってくれた。
　もちろん私もミオが大事だから、ミオの恋はうまくいってほしい。
　いつも私のことを考えてくれてるミオだから、たまには距離を置いてみるのもいいのかな、なんて。
　……私は私で、自分でどうにかしなきゃいけないこともあるしね。
　ミオと過ごさなくなった昼休みは、お弁当を持って、そのまま空き教室へと行くようになった。
　純くんと話しながらお弁当を食べて、彼の近くで眠る。

そして放課後、大和と一緒にバザーの準備をする。
　……そんな毎日を送っていたら、いつの間にかバザーの1週間前になっていた。

　今日は、日曜日。
　だけど、私は学校にいます。もちろん、バザーの準備で。
　多目的ホールにバザー委員たちがわいわいと集まって、作業中。
「時間って、経つの早いね……！」
　最近バタバタしていたから、日にちが過ぎるのがあっという間！
　私はバザーの看板(かんばん)に色を塗りながら、信じられないという顔をした。
　大和は苦笑いしながら、「忙しかったもんね」と言う。
「案外、やることたくさんあるよね。バザー委員」
　3年生は受験の大事な時期だから、準備も当日の仕事も、ほぼ有志(ゆうし)でやる。
　……つまりは、ほとんど来ない。
　となると、2年生と1年生でがんばるしかないんだけど、6クラスから2名ずつのバザー委員。
　ひとりひとりの、仕事が多い。
　今は『クリスマスバザー』と書かれた大きな立て看板を、かれこれ40分ほど、私と大和、あと3組の委員の人たちで塗っているんだけど。
「もぉー、看板デカすぎ！　終わんなーい」

3組の女の子が、緑の絵の具のついた筆を持って、伸びをする。
　男子の方も、だいぶ飽きてきたようだった。
　私も、苦手なことを長時間するのは疲れる。
　けど、大和は飽きた様子もなく、淡々と塗っていた。
「……すごいね、大和。飽きない？」
「あんまり。嫌いじゃないしね、塗るのは」
　僕たちがやってるのは塗りだけだし、と大和が笑う。
　この看板の下絵は、美術部のバザー委員の女子が描いてくれた。
　それを、私たちがありがたく塗っているワケなんだけど。
「……はぁ」
　うう、やっぱり苦手だなぁ。筆を持って、ため息をつく。
　すると突然、肩に手が置かれた。
「ひゃっ!?」
「よ、色葉。あ、やっぱり下手」
　私の塗った部分を見て、下手下手言ってくる……この、声は！
　振り返ると、やっぱりドＳ王子で。
　い、いつの間に背後に!?
「さ、さすがドＳ……！　気配消せるなんて、やっぱり普通じゃない」
「今なんつった、色葉ちゃん？」
　頬をつねられ、見ると怖い笑顔の王子様。
「ごめんなひゃい……純さん、ゆるひて」

「よーし」
　……うう。
　いきなり声かけるなんて、反則だと思いますぅー。
　……てゆーか、みんなの前だよ!?
　そう思ったとき、この前、純くんが『みんなの前でも話す』って言ってたことを思い出した。
　心の中で非難しつつも、うれしさでニヤけそうになる。
　そろそろ、頬の筋肉をコントロールする技術が必要かもしれない。
　周りを見ると、3組の男子と女子は私たちの様子に、ちょっとびっくりしているようだった。
　……やっぱり、そうだよね。
「お、大和」
　純くんは私越しに、「やっほー」と大和に声をかける。
　呼ばれた大和も「やっほー」と小さく笑って返しながらも、手を動かすのはやめない。
　……今までとちがうキャラの純くんに話しかけられても、まったく動じない大和、すごっ!
　純くんはみんなの前で笑っているのが楽しくなってきたのか、表情が明るい。
　そのまま、大和の塗ったところと私のそれを見比べて、フッとあざ笑ってきた。
「大和は優秀だな、誰かさんとちがって」
「……純くんだって、大したことないクセに」
　イヤミっぽいセリフに、ちょっと睨みながら言うと、純

くんはニヤッとして私の手から筆を奪った。
　そして、あろうことか私の頬に丸を描いてきた。
　……赤い、絵の具で。
「ぶは、マヌケ顔！」
「なっ、なにすんのー!!」
　私が叫ぶと、純くんは楽しそうに笑う。
　……ちょ、ちょっとぉ。そんな顔見せられたら、ニヤついちゃうじゃないですかー!!
　顔に絵の具つけられてうれしそうにしてるなんて、それ、ただの変な人だからぁ！
「もー、バカー！」
「俺をバカにするから」
　小学生か！
　純くんとギャンギャン言い合っていると、周りの人のぽかんとした顔に気づいた。
　そしてついに、3組の男子が、純くんを指さして。
「……純って、そんなキャラだっけ？」
　……アハハ。やりすぎちゃったの……かな？
　純くんは取っ組み合い寸前（すんぜん）だった私の腕をつかみながら、
「……あー」と困ったように笑った。
　……なんて、言うんだろう。
　そう思って、見ていたら。
「……こーゆーときも、あるんだよ」
　……ちょっと、照れくさそうなその笑顔に。
　ドバキューーン。

……という、この教室にいる女子全員の心臓がやられた音が響いた……気が、する。
　3組の女子も含め、女の子たちが「キャー!!」と叫んだ。
「なに今の、可愛いー！」
「ギャップやばーい！」
　……う、ぅぉお。
　結構、教室内、ざわざわしてたと思ったんだけど。
　案外、目立ってたのかな。
　純くんは、はずかしそうに、はにかむ。
　でも、その顔はなんだかスッキリしていて。
　……なんか、ちょっとさびしいな。
　私だけが知ってる純くんじゃなくなっちゃった。
　なんて思っちゃ、ダメなんだけど。
　純くんは3組の男子に、「やっぱ、笑うと驚く？」と苦笑いしていた。
　男子は一瞬きょとんとしたあと、「いや」と明るく笑った。
「いーんじゃね？　さっきの純、すげーおもしろかった」
　その言葉に、純くんがホントにうれしそうに笑う。
　……わぁ。真近で、いい笑顔いただいちゃいましたぁ。
　純くんの素顔が、他の人に知られちゃったのは、少しさびしいけど。
　なんか純くんがうれしそうだから、よかったんだろーな。
　見ると、となりで大和も笑っている。
　……楽しーな。
　笑顔の純くんにつられて、私も笑った。

お姫様のように

「『ギャップやばーい！』だって。イケメンは、なんでも許されるんだねえ」

　なんて皮肉を言ってみる、休憩時間。

　純くんとふたりで、自販機の前にいる。

　私がジャンケンに負けちゃって、自販機に買い出しにいくことになっちゃって。

　そしたら、純くんが『ひとりじゃ持ちきれないだろ』って言って、ついてきてくれたんだ。

　ちょっと……っていうか、だいぶ他の女子の目が怖かったんだけど。

　2組の人たちと遊んだ日以来、空き教室以外で純くんと話すことができるようになった。

　うれしいけど、まさに今、大和とのウワサが立っているときに……って考えると。

　だいぶ、まずい気は……する。

「なんだそれー、俺は結構、怖かったんだけど。もし周りに引かれたら、どうしようかと思った」

　コーラの缶を持ちながら、純くんがため息をつく。

　……純くんにも、怖いことなんてあるんだ。

「……ごめん」

　うつむきながらぽつりとつぶやくと、『なにが？』という顔をされた。

「……ちょ、ちょっと、はしゃぎすぎたかなって」
　空き教室で話すときみたいに、言い合いしちゃったし。
　ちょっと、やりすぎちゃったかなって、思う。
　私がソーダの缶を見つめてショボンとしていると、となりから笑い声が聞こえた。
　……え？
「なんで笑う!?」
　見ると、純くんは妙(みょう)にニヤついた口もとを、手で押さえていた。
「わ、私、真剣に言ったんだよっ！」
「うん、わかってるよっ……」
　……わ、笑うなぁぁ……！
　純くんは「あーおもしろい」なんて言いながら、私を見る。
「いいんだよ。結果、引かれはしなかったんだし。むしろ、これから好きに騒いでいいって考えたら、うれしい」
　色葉のおかげ、なんて言われて、なにも言えなくなる。
「……それなら、よかった」
「ん」
　帰り道を並んで歩く。
　明るい純くんの横顔を見て、私もうれしくなった。

　それから、バザーの準備でバタバタしていたら、日々はせわしなく過ぎていき……あっという間に終業式も終わった。
　バザーまで、あと３日。
　冬休みになった今日もまた、多目的ホールで、バザー委

員の生徒が集まって準備をしているんだけど……。
「……色葉、大丈夫？」
　大和が、私の顔をのぞきこんだ。
「……へ？」
　その声にハッとして、目を見開く。
　目の前の大和は、困ったような、あきれたような顔をしていて。
「……寝かけてただろ」
　……えっ。
「ウッ……ウソ」
「ホント。うとうとしてた」
　……あらやだ。
　前に座って一緒に輪飾りを作っている大和に、苦笑い。
「ごめん」
「疲れてるね」
　室内はざわざわしていて、うしろの方から純くんの笑い声が聞こえたりして。
　その一角で、私と大和は座って輪飾りを作っていた。
「最近、家で遅くまで飾り作ってたから……」
　あははっと笑う。
　大和は困ったような顔をしたあと、はぁっとため息をついた。
「……家までやんなくていいから、ちゃんと寝なよ」
「はーい」
　苦笑いしながら返事をする。

……大丈夫、だいじょーぶ。
　ちょっとフラフラするけど……。
　ぼうっとする頭で、短冊のように切った折り紙を貼りつけていく。
　大和は筆箱からシャーペンを取りだすと、カチカチと鳴らした。
「……最近、なんか元気ないね」
　周りの騒がしさが、遠くに聞こえる。
「……悩みがあるなら、言いなよ」
　……頭が、ぼうっとする。
　クラクラする、視界がゆがむ。
　曖昧な視界の中で、私は返事をしようと口を開いた。
　……優しいね。
　ホント、優しい。
「色葉ー、ちょっと来てー」
　その声にハッとして、そっちを見る。
　他のバザー委員の子が、呼んでいた。
「ここって、どーすんのー？」
「あ、そこは……」
　立ちあがって、そっちへ向かおうとしたとき。
　——グラッ。
　　あ。
「色葉！」
　大和のあわてた声がする。
　足がうまくついていかなくなって、視界がまっ暗。

……あ、これが、目眩(めまい)ってやつ？
　イヤなカンジだなぁ……。
　なんてのんきな考えをめぐらせながらも、私の体は傾(かたむ)いていく。
　だんだん床が近くなってきたとき、体が力強い腕に支えられた。
「……バカ色葉」
　ぼそっという大好きな声が、頭上からした。
　ズキズキする頭を動かして、上を向く。
　……見えたのは、不機嫌な顔をした王子様だった。
「純く……」
　呼ぼうとして、声が出なくなる。
　私の体は難(なん)なく持ちあげられ、いわゆるお姫様抱っこというやつをされた。
　……うひゃあ……。これ現実？　だったら私、もう悔(く)いないよ。
　このまま死んでいいかもしれない。
「……ふは、ありがと」
　思っていた以上に弱々しい自分の声に驚きながら、笑ってみる。
「……保健室、行くぞ」
　彼はますます顔を不機嫌な色に染めると、私をかかえて教室を出た。
　そのあと響いてきた女子たちの甲高い声が、私を責める。
　……また、なにか言われちゃうのかな。

大和くんの次は王子!?って？
それは、困る。
私はいいけど、純くんが、きっと困ってしまう。
せばまった視界に映るのは、とっても素敵でイジワルな王子様。
「……ごめんね……」
こんなんでバテちゃう、自分がイヤだ。
もとから寝すぎるくらい寝てるから、少し寝不足が続いただけで、こうなっちゃう。
……ホント、情けない……。
「……謝んないでぃーよ」
ふっと優しい笑みをした純くんは、すごくカッコいい。
見とれちゃうなぁ、なんて考えながら、私はへらっと笑った。
「……ありがとう」
まるで、お姫様。
王子様にかかえられている私は、残念ながらお姫様みたいに、おしとやかじゃないし、キレイでもない。
けれど、いつか、なれたらいいな。
ひだまりのような王子様の、素敵なお姫様に。
……なれたら、いいな。

次に目を開けて見えたのは、天井だった。
……え？
ここは……。

まだ開けきらない目を動かして、横を見る。
　そこにいたのは、心配そうに私を見つめる……。
「大和と……ミオ……？」
　……大和はともかく、なんでミオが。
　……っていうか、ここ、どこっ？
　キョロキョロと、あたりを見まわす。
　ここが保健室だとわかると、ここに来た経緯も同時に思い出した。
　……そうだ。私、倒れちゃったんだ。
　運んでくれた純くんは、もう教室に戻っちゃったのかな。
「……大丈夫？」
　そう、私を心配そうに見ながら言ってくれる大和に、「大丈夫」と笑って返す。
　けれど、ミオは私の頬を軽くつねってきた。
「いっ、痛い！」
　なにするのー!?
「アンタが倒れたって聞いたから、来てあげたのー」
　少し唇を尖らせて言うミオに、目を見開く。
「…………」
　……来て、くれたんだ。ケンカしてたのに。
　それでも、ミオ、来てくれたんだ。
　目に、じわじわと涙が溜まっていく。
　それを見て、ミオがギョッと目を見開いた。
「えっ!?　なんで泣く！」
「い、や……なんか……あ、ありがとう……」

鼻をすすって、涙を手でぬぐう。
　……うれしいよぉ。
　もう一度、鼻をすすると、私はミオを見て「だって」と言った。
「……ずっと、話してなかったから」
　そう言うと、ミオは眉をさげて「あたしだって」と言った。
「……心配だから、来たんだよ」
　うん。……知ってる。
「……ありがとう。それと、こないだ、ごめんね」
　私のこと考えてくれたんだよね、と言うと、「当たり前でしょ」と言ってくれた。
「まぁ、言いたくないんだったら、無理に聞こうとは思わないけど。悩んでることがあるんなら、話してほしい」
　目線を逸らしながら言うミオに、なんだか、うれしくなってきて、思わず笑った。
「ふふ。ありがとう、ミオ。大好き」
　照れくさそうに、ミオが目線を逸らす。
　……ごめんね、隠してて。
　やっぱりミオは、最高の親友だよ。

stage 7

素敵なお誘い

　あれから、3日が経って。
　クリスマス。
　つまりは、バザー当日です！
　私の体調もすっかり回復して、準備のラストスパートもがんばって。
　そうして迎えた、今日。
　街の大きな広場で行われている、地域のバザー。近くにある大学の団体とか自治体の人も参加してるんだけど……。
　その一角で、うちの高校もスペースをとっております!!
　広場はたくさんの人と、カラフルなシートやテントでにぎやかだ。とても楽しそう。
　……そして、なかなか寒いのも、事実。
「みんな、ちゃんと着こんでね！　カゼ引くわよー」
　暖かそうなマフラーをした先生が、白い息を吐いて、売り子の子たちに言っている。
　ちなみに、私も売り子。
　1年生のバザー委員が午前中の当番なんだ。
　女子のほとんどが売り子で、男子は商品運びで忙しそう。
　私は美海ちゃんと、一番最初の2時間、店番をすることになった。
　最初はなかなかお客さんが来なくて困っていたけど、だんだんと人が来るようになってきた。

「これ、ください」
「はーい！　120円です」

　こーゆーのって、やっぱり大変だなぁ。

　先生に言われた、『笑顔で受け答え』と『言葉はハッキリと、声は大きく』。

　それが、しっかりできているかはわかんないけど、勉強になるなって思った。

　……私も将来、こうやってお店で働いたりとか、するんだろーか。

　いや、しなきゃ生きていけないけど。

　……想像、できないなぁ。

「おやおや、えらいねえ。高校生？」

　優しい笑みを浮かべたおばあさんが、私たちのスペースに来てくれた。

「あ、はい！　商品も、文化部が作ったものです」

　これとか、と言って美海ちゃんが、料理研究部の作ったクッキーを指さした。

　クッキーはクリスマスらしく、サンタの帽子や鈴、ヒイラギの形をしていて、赤と緑のリボンでラッピングされている。

　おばあさんは、ふふっと、おだやかに目を細めた。

「じゃあ、そちらの可愛いクッキーをいただこうかしら。クリスマスに孫と一緒に食べましょ」

　お金とクッキーを交換すると、おばあさんは大事そうにクッキーの包みを持って、微笑んだ。

「ありがとう。とってもおいしそうだわ。いただくのが楽しみ。じゃあ、がんばってね」
　……わ、なんか……。
　頭をさげるおばあさんに、売り子みんなで『ありがとうございました』と言った。
「…………」
　お客さんがいなくなって、しんとする。
　売り子みんなで、顔を見合わせた。
「……な、なんか、楽しいかも」
「うん。おばあさん、すっごい優しかったし。なんか、やばい」
「わかる……」
　みんな、同じ気持ちだった。
　私も、おばあさんが去っていったあとを、静かにじっと見ていた。
　……将来、自分がどうなるかなんて想像できないけど。
　でも、純粋(じゅんすい)に楽しいと思った。
　おばあさんが、お客さんが笑ってくれて、うれしいと思ったんだ。

「みんな、がんばってるわねー、お疲れ！」
　ちょうどお昼休憩が近づいた頃、先生が、温かい飲み物を差し入れに来てくれた。
　けれどみんな、なんだかよくわからない高揚感(こうようかん)に、テンションがあがっていて。

「なんか、楽しそうねえ」
　先生の言葉に、美海ちゃんが「楽しいよ!」と言った。
「先生、うち、すごい楽しい!　お仕事って、いいなぁ!」
　美海ちゃんの言葉に、みんなもうんうんとうなずき合っていると、先生もうれしそうに笑ってくれた。
「そう感じてくれて、先生も、うれしい!　やりがいを感じてこそだからね。みんな、このあとも、がんばって!」
「はーい」
　みんなでそろって、大きく返事をした。
　お客さんが来て、私は大きく「いらっしゃいませ!」と口を開く。
　……未来は、どうなるかわかんないけど。
　でも、ちょっとだけ。
　未来の端っこを、目にした気がした。

「1年生お疲れ様ー、2年生と交代よー!　その辺回っておいでー」
　お昼休憩のあと、先生がニコニコして言ってくれた。
　午前に、1年が店番。2年生は他のスペースを回っていて。
　私たちは口々に『フリマ見にいきたい』って言ってたから、わぁっと歓声(かんせい)があがった。
　持ってきていた財布(さいふ)を取りに、カバンの置いてあるところへ向かう。
　行こうとして、近くで先輩が段ボールの箱を重たそうに持っているのに気づいた。

……多分、生徒から集めた本が入ってる箱だ。
「先輩！　一緒に持ちます！」
　駆け寄ると、ポニーテールの先輩は「ありがとう」と微笑んだ。
「寒くて、指にうまく力が入らなくて」
「わかります！　私こっち、持ちますね」
　わ、重い。
　やっぱり絵本とか、いっぱい入ってるみたい。
　ふたりでゆっくりと、先輩たちが多くいるスペースに運ぶ。
　シートの上に置くと、先輩は手を温めながら「ホントに、ありがとう」と言ってくれた。
「いえいえ！　午後、がんばってください！」
　ちょっとは、役に立てたかな。
　それからカバンのところに戻ると、財布を取ってスペースを出た。
　……やっぱ、もう1年生は近くにいない。
　美海ちゃんは他のクラスの女子と一緒に回る約束をしてみたいだから、もういないし。
　最初から知り合いは少なかったから、仕方ないけど……。
　うーん、ひとりで回るのも、さびしいなぁ。
　きょろきょろあたりを見まわすと、おしるこを無料で配っているスペースが目に入った。
　ひとつもらって、広場のベンチに腰をおろす。
　……おしるこ、あったかい。
　あんまりお金も使いたくないし、これだけでいいんじゃ

ないかなぁなんて思えてくる。
　午前中、お仕事がんばったし。
　いい経験、できた。それだけでも、今回このバザー委員をした意味があると思う。
　そういえば、純くんや大和は、どうしてるんだろう。
　やっぱり男子たちと回ってるのかな。
　そんなことを考えながら、おしるこを食べていると。
「……あれ、色葉？」
　声のした方を、見あげる。
「……じゅ、純くん！」
　大好きな王子様が、ベンチに座る私の目の前に立っていた。
　彼の周りには、誰もいない。
　えっ、男子と回ってなかったんだ。
「なんで、ひとり？　つか、なに食べてんの？」
　おしるこ、と言って見せると、「うまそー！」と言われた。
「それ、どこにあった!?」
「え……あ、あっちに」
「一緒に来て！」
　えっ!?
「俺もさみーんだよ！　あったかいの食べたい！」
　ほら立って立って、と言われ、仕方なく立ちあがる。
　早くー！と純くんが急かすので、おしるこを配っていたところへ歩きだした。
　……えー、なにこの流れ。
　うれしいけど、うれしいけどぉ。

「……純くん、なんでひとりなの?」
　てっきり、男子たちと回ってると思ってたのに。
　訊くと、純くんは「隠れてた」と言った。
「へ?」
　隠れてた?
　純くんはおしるこを配っている人たちを見て、うれしそうな顔をした。
「隠れてたんだよ、女子から。一緒に回ろうって言われてたから」
　ちゃんと断ったんだけど、と、もらったおしるこを持ちながら言う。
　さ……さすが、学校の王子。
　今日はクリスマスだし、純くんと回りたいって思う子、多いよね。
「他の男子にも、隠れてるから、訊かれても俺のことは言わないでって言ってあるし。ホントは男子と回りたかったけど。しょーがないかなって」
　そうだったんだ……。
「大変だね……」
「いつもなら断らなかっただろーけどね」
　え?
「じゃあ、なんで断わったの?」
　純くんはおしるこを飲みながら、私を見て小さく笑った。
「……なんででしょーね」
「……?」

私がなにそれ？という顔をすると、「色葉はなんで、ひとりなの？」と訊かれた。
「ちょっと……先輩を手伝ってたら、みんな、いなくなってた」
「……えらいけど、さびしーね」
　ははっと苦笑いすると、純くんは食べ終わったおしるこのカップをゴミ箱に捨てて、「じゃあ」と言った。
「せっかくだし、一緒に回る？」
　……えっ。
「うえっ!?」
　一緒に!?
「イヤならいいけど」
「いやいや、滅相もない！」
　なにそれ？と、楽しそうな笑みをこぼす。
　い、い、一緒に回るって……！
　私は、冷めてきたおしるこを、最後にぐいっと飲み干した。
「じゅっ、純くん、女子から隠れてたんでしょ!?　私と回ってたら、誤解される……」
　すると、純くんは楽しそうに「大丈夫だろ」と言った。
「まぁ、バレるのも時間の問題だろうけどね」
　そしてニヤッと笑うと、私の手をつかんだ。
「行こ？」
　……う、わぁあ。てっ、手つないじゃったよー！
　目の前が、チカチカする。
　少し子供っぽくて得意げな純くんの笑顔は、まぶしくっ

て直視できない。
　けど、目を逸らすこともできない。
　できれば、ずっと見ていたくって。
　クリスマスに、大好きな人といられる。
　こんなうれしいこと、他にないよ！
「……うん！」
　私は人込みにまぎれながら、彼の耳に届くように、元気よく返事をした。

「お、焼きそばがあるー」
　純くんはおいしそうな匂いのする屋台を指さして、「食べたい」と連呼した。
「……お昼ご飯、食べたばっかだよ？」
「えー、食べたいもんは食べたいんだって」
　育ち盛りですから、と、となりで純くんが笑う。
　私は「そうだね」と笑いながら、心の中はドタドタと騒がしかった。
　……きゃあぁぁあ……！
　今、純くんと一緒に回ってるんだよ！
　やばいよ！　これはやばいよ！
　なんか、成り行きで一緒に回ってるけど……！　これは、非常にやばいです!!
　息の荒い心の中の私がマイクを持って、ひたすら、やばいやばいと言っている。
　だって、これはやばい。

となりで、純くんが楽しそうに笑ってる。
　……それだけでも、やばいのに。
　手を、つないでいるものだから……！
「あ、ソフトクリーム」
　純くんは、うれしそうにそう言うと、私の手を握ったまま、そっちへ向かっていく。
　……う、わぁぁ……！
　なんて言うんだろう、これ。
　いや、言っちゃっていいのか、わかんないんだけどさ。
　……デッ、デート、みたい……？
　自分で思って、自分で照れる。
　……なにアホなこと思ってるんだ。
　心の中でツッコミを入れながら、ソフトクリームを売っているお店の前で立ち止まる。
　純くんはメニューを眺めながら、「んー」と迷っているようだった。
「ふっ……冬なのに、ソフトクリーム？」
「冬だから食うんだよ」
　……あー、なんかよく言うよね。
　『冬だからこそ、冷たいものを食べる』みたいなこと言う人、いるよね。
　わからなくもないけれど、お腹壊しそうで、怖いよ。
「色葉も食べる？」
　紙に書かれた文字を見ていると、おいしそうなソフトクリームが頭に浮かんでくる。

バニラにいちご、巨峰とか、メロンとか……。
チラッと上を見ると、王子様と目が合う。
彼は私の目を見て、ニッコリ笑った。
「……私も、食べる」
そう言って、もう一度見あげると、純くんは少し子供っぽい笑みで、私を見ていた。
結局、いちご味のソフトクリームを買った。
夏以来だなぁ、ソフトクリーム。
ちょっと冷たいけど、甘くておいしい。
「……純くんのは、何味？」
ソフトクリーム片手に、広場を回る。
訊くと、純くんは「ん」と、私にそれを見せた。
「チョコミント」
チョコの茶色と、ミントの白っぽい青緑がくるくると巻かれている。
「お、おいしそー！　そんなの、あったの!?」
もっとよくメニュー見ればよかった！
じっとそれを見ていると、純くんがニヤッと笑った。
「ひと口いる？」
……えっ。ひっ、ひと口っ!?
「い、いやっ、そんな……」
「めっちゃおいしいよー？」
あたふたして断ろうとしたら、純くんは憎らしい目をしながら、ソフトクリームをひと口食べる。
……ム、ムカつくうぅ。

けどでも、それはさすがに、ちょっとやばい気が。だって、間接キスですよ!?
　いや、そこも問題だけどっ!!
「食べたくないの？」
　それはまるで、"食べたいんでしょ？"とでも言うかのような目。
　ドキドキする心臓をがんばって抑えながら、私は軽く、純くんを睨んだ。
　……もう、どうなっても知らないんだからねっ！
「たっ……食べる！」
　私の言葉に、純くんはますますニヤッとした。
　……ん？　あれっ、この笑みは……。
　どこかで見た覚えのある笑みに、心なしか恐怖を覚えた。
　純くんがニッコリと王子様スマイルを見せるのと、思い出した私が顔を引きつらせたのは、ほぼ同時で。
「じゃあ、"ちょうだい"って、おねだりできる？」
　……やっ、やっぱり……！　Sが発動しちゃったよー！
「おっ……おねだりっ!?」
「そ。可愛く、おねだりしてみてよ」
　なにそれっ!?
　久々のこのカンジと、カッコよすぎる笑みに、クラクラしてくる。
「し、しないよ！　それなら食べなくていいです！」
「えー」
　ほらっと言うように、ソフトクリームをスプーンです

くって、私に向ける。
「いらないの？」
　完全に、勝ち誇（ほこ）ったような顔。
　……ホントは食べたいの、わかってるんだ。
　"チョコミント味"だからじゃなくて、"純くんの"だから食べたいっていうのをわかっているかは、わからないけど。
　私は今度こそ、キッと純くんを睨んで、あたりを見た。
　行き交うのは、知らない人たち。
　この人たちの目に、今、私たちはどう見えてるんだろうか。
　……手をつないで、並んで歩いて。
　一緒にソフトクリームを食べてる姿は、"そう"見えてもおかしくないんじゃなかろうか。
　……見えていたら、いいのに。今、この時間だけでいいから、私が王子様のお姫様になれたら、いいのに。
　もう一度、余裕たっぷりに笑う純くんを見る。
　……この王子様が、いったい、どういうつもりか知らないけど。
　私にだけ見せるイジワルな笑みも。
　子供っぽい笑顔も、照れた顔も。
　全部、好きだなぁって、思うんだよ。
　私は彼から少し目を逸らしながら、口を開いた。
「……ちょー、だい……？」
　そして、なぜか彼の前では素直になれない、私。
　頬が熱いから、きっと今、顔はとても赤いはず。
　チラッと純くんを見ると、なぜかあの悪そうな笑みはな

く、固まっていた。
「……純くん……？」
　眉を寄せて見あげると、彼の顔が少しだけ赤くなった。
　……あ。
　純くんはスネたように私から目を逸らしながら、
「可愛すぎ」
　と言った。
「……え」
「……ねだるの、うますぎるんだよ」
　……か、可愛いって……！
　純くんは赤くなった顔をごまかすように、「口開けて」と言った。
　ますます熱くなった顔で、私はなにも言えずに口を開く。
「ん。よく言えました」
　気づいたときには、口の中にスプーンが運ばれ、チョコミントのひんやりした味が広がっていた。
「……あ、ありがと……」
　冷たいものを食べたはずなのに、頬の火照りがおさまらない。
　かっ……間接キス、しちゃったよ。
　どうしよう、なんかすっごく、はずかしい!!
「…………」
　お互いになにも言えなくなって、顔も見れなくなって。
　……傍から見たら、私たちはどんな感じなんだろう。
　しばらくして、私は純くんを見た。

そして、さっきより溶けた、いちごのソフトクリームを差しだす。
「……食べる？」
　純くんは困ったように眉をさげて、そして、へなっと笑った。
「どーも」
　私の手首をつかんで、そのまま口に運ぶ。
　……う、わぁ。
　な、なんか、ホントに付き合ってるみたい……。
　……顔が、触れてる手首が。
　もう、どこもかしこも熱い。
　おかしいな、冬なんだけどな。
「甘っ」
　純くんはソフトクリームから口を離して、無邪気に笑った。
　……わかんないよ。
　甘い甘いソフトクリームと、王子様の笑顔。
　……この甘さは、どっちのなんだろう。

　それから、私たちは自由時間の間、いろんなお店を見て回った。
　とくに、なにかを買うことはなかったんだけど、純くんと回っているだけで楽しかった。
　途中、猫耳のカチューシャと、ウサ耳のカチューシャを見つけたんだけど。
　そのとき、純くんは私にウサ耳カチューシャをつけて、

笑ったりして。
「色葉は、ウサギってカンジ？」
「……なにそれ」
「いや、そーでしょ」
　なんていう会話は、よくわかんなかったんだけど。
「……あ。同じ学校のヤツだ」
　えっ？と驚くヒマもなく、純くんに引っぱられて、近くの繁みの陰に隠れた。
　……お、同じ学校の人が、近くにいたんだ。
　抱きしめられてるみたいな体勢に、ドキドキする。
　うう、心臓もたないよー！
「……もう、いいか」
　そう言って体を離されたとき、私はもうクラクラ状態。
　それからしばらくして、私は人込みに酔ったのか、ダウンしてしまった。
「う――……」
　ベンチに座って、空を仰ぐ。
「……大丈夫か？」
　となりに座った純くんが、心配そうに声をかけてくれた。
「……だいじょーぶ……」
　……うう、最悪だ。せっかく、ふたりで回ってたのに。
　楽しかったのに、なんだか気分が悪くなってきて。
「ごめんなさい……」
　つぶやくと、純くんは「いいよ」と笑った。
「もーすぐで、集合時間だし。俺は十分、楽しかったよ」

……優しいなぁ。
　私は純くんを見ながら、「私もね」と言った。
「……すっごく、楽しかった。一緒に回ってくれて、ありがとう」
　精いっぱいの笑顔で言うと、純くんも優しく笑い返してくれた。
「こちらこそ。……まだ少し時間あるから、寝な」
　寄りかかっていいよ、と言われ、少しためらう。
「いいんだよ、体キツいんだろ。気にすんな」
「で、でも……」
「いいから」
　じっと見つめられ、思わず眉をさげる。
　やがて純くんから目を逸らして、私は彼に寄りかかった。
「……ありがとう」
「……いーえ」
　……ああ、やっぱり温かい。
　私はすぐに、目を閉じた。

惑わせるのは、ふたりの王子

　周りのざわざわとした声と音が、だんだん大きく聞こえてくる。
　薄く目を開けると、自分の膝(ひざ)とそこに置かれた手が見えた。
　……まだ、そんなに経ってないのかな。
　数分、寝てしまったみたい。
　となりの温かみを感じて、私はほんのり安心感を覚えた。
　……まだ、もう少し寝ていよう。
　そう思って、目を閉じる。
　そのとき、頭の上に手が置かれた。
　……え？
　純くんの、手……？
　その手は、頭を優しく撫でる。
　あまりの心地よさに、なにも言えなくなる。
　……口を開いたら、この手が止められてしまうかもしれない。
　そう思いながら、寝ているフリを続けた。
　……ああ、気持ちいい。
　安心する……。
　好きだなぁ、この手。
　心臓は休まらないけど、ホントに眠くなってきちゃうよ。
　すると、純くんが大きなため息をついた。
「……バカ色葉」

……えっ。
　な、なにそれ!?
　いきなり、なに!?
　戸惑いながらも、必死で寝たフリを続ける。
　でも、頭を撫でる手は止まらなくて。
　そして。
「……好きだよ」
　……え……？
　ええっ!?
　どういう意味――!?
　思わず目を開けそうになったとき、頭上から「あ」と声がした。
　それにあわてて、固く目を閉じ直す。
「色葉、起きろー、時間だよ」
　とんとんと、軽く背中を叩かれる。
　バクバクいっている心臓を抑え、私は小さく目を開いた。
「大丈夫？　起きれる？」
　顔をのぞきこまれ、心臓が飛び跳ねる。
「……だっ……大丈夫……」
「そっか」
　純くんは立ちあがると、私を見て「行こうか」と笑った。
　……さ、さっきの、ひとり言……？
　聞いちゃったの、バレてないよねっ!?
「……う、うん……」
　私はゆっくりと体を動かして、立ちあがる。

純くんは優しく目を細めて、私を見ていた。
　その表情が、私を戸惑わせる。
　集合場所へ足を動かしながら、私は純くんの背中をじっと見た。
「……じゅ、んくん」
　なぜか声が出てしまって、名前を呼んで、私自身が驚く。
「ん？」
　彼は、立ち止まって振り返った。
「……あ、え……っと」
　頭の中で、純くんのさっきの言葉が駆けめぐる。
『……好きだよ』
　……あれは、どういう意味？
　だってだって、言葉の流れからして、あの"好き"は……。
「……あ、ありがとう」
　純くんの目を見て言うと、彼はやっぱり優しく笑うだけだった。

「……色葉、大丈夫？」
　となりから、心配しているような、けれど少しあきれているような、そんな大和の声が聞こえた。
　私はハッとして、すぐに「大丈夫」と苦笑いして言った。
「また、ぼーっとしてる。最近、多いね？」
「そ、そーかな……？　ごめんね」
　ははっと笑いながら、スペースの片づけをする。
　バザーが終わり、広場で出店していた店はどんどん閉じ

ていく。
　店によっては、値引きして売れ残りをなくそうとしているところもあるけれど。
　にぎやかだった時間の余韻(よいん)を残すように、広場はまだ人々の声が行き交っていた。
　売れ残った商品たちを、段ボールに入れていく。
　まぁでも、結構売れたと思う。
　楽しいバザーだったなぁ。
　うん、参加できてよかった。
　ふふっと自然と笑みをこぼしながら、商品を片づける。
　そのとき、売れ残ったクッキーを見つけた。
　この、クリスマスのクッキー、たくさん売れてたんだよね。
　もしかして、売れ残ったのは、これだけなのかな。
「先生、クッキーどうしたらいいですかー？」
　ほらっと見せると、先生は笑って「食べていいよ」と言った。
「えっ、いいんですか？」
「それは段ボールに入れても仕方ないものだしね。せっかくだし、食べていいよ」
　わー、いいのかな。
　じゃあ、ちょっとひと口、いただこうかな。
　一応、お片づけ中だし。スペースの隅に、こそっと隠れた。
　そして、可愛らしくラッピングされた袋の中から1枚だけ、クッキーを取りだした。
　残りは、家で食べよう。

パキッと音をさせて、クッキーが割れる。
　ひゃー、おいしい。
「あっ、色葉ズルーい！」
　……あらら。
　美海ちゃんが、私のうしろで可愛らしく頬を膨らませていた。
「うちも食べたーい！」
「あはは……バレちゃった」
　美海ちゃんに１枚あげると、他の子も「ちょうだい」と言って集まってきた。
　あんまり、量ないんだけど……。
「色葉？」
　そう言って、大和が私の前に来たときには、もう袋の中は、空(から)。
　残ったのは、私の片手にある食べかけのクッキー１枚……の半分。
「あ……大和」
「なに、クッキー？」
　クッキーを口にした子は、「おいしい」と言って片づけに戻っていく。
　大和は段ボールを持って、私の前にしゃがみこんだ。
「えと……ごめん、もうなくなっちゃった」
　私もまだ、半分しか食べてないし……。
　そう言うと、大和は「ふーん」と言って、私の片手を見た。
「じゃあ、それちょうだい」

えっ……。
　大和は片手で段ボールを持って、もう片方の手で、クッキーを持っている私の手首をつかんだ。
　そして、そのまま口に運んで……。
　——パキ。
　目の前で、クッキーの割れる音がする。
　周りが、ざわついた。
「……おいしいね」
　私を見て、ニッと笑う大和。
　周りの女子たちの「きゃああ……」という声と同時に、私の顔にも熱が集中してくる。
「やっ、大和っ……!?」
「なに？　あ、残りは食べていいよ」
　そっ、そういうことじゃなくてですね!?
　こんなことしたら……！
　私の気持ちなんて知るはずもなく、大和は段ボールを持って、さっさと向こうへ歩いていく。
　私の周りの女子たちは、大和が向こうへ行った瞬間、騒がしくなった。
「なっ、なに今の!?」
「色葉っ!?」
　みんなが、口々に「どういうこと!?」と言う。
　……そんなの、私がいちばん聞きたい……。

大和のウソ

　冬休みも明け、今日から新学期のスタート。
　ミオが明るい笑顔で、「あけおめー！」と言ってきた。
　けど、私に同じテンションで返す余裕はなくて。
「……うん。あけおめ……。ミオには、元日にメッセージ送った気もするけど」
「んもー、それはそれ！　やっぱり会って言いたいじゃん？　てゆーか、元気ないねぇ」
　ミオのまっすぐな目に、私は目を逸らしそうになりながら、苦笑いをする。
「……そんなに、元気なさそうに見える？」
「見える」
　あらら……。
　ミオは私を見て、フッと真剣な顔をした。
「……大和くんとの、ウワサのこと？」
　目を見開く私を、ミオは少しも笑わずに見てくる。
　その表情につられて、私も笑えなくなった。
　……やっぱ、知ってたか。
　それだけ、広まってるってことだよね。
「……ん。まぁ、それもある」
「……『も』？　他にもあるの？」
　……それは……。
「……ちょっと、ね」

ハハッと笑うと、ミオは眉間にシワを寄せて、「もしかして」と言った。
「王子……？」
　その言葉に、顔から火が出る勢いでまっ赤に染まった気がした。
　ミオが「当たりか」と言って、ニヤニヤしている。
　……うう。
　だって、仕方ないじゃん。誰だって、気になるよ！
　あ、あんな、『好きだよ』、なんて言われたらっ……！
　その声を思い出すだけで、顔が熱くなる。
　その言葉の意味が気になって、純くんに会いたいような、会いたくないようなってカンジだ。
「……バザー中に、なにかあったカンジ？」
　ニヤニヤするのやめてよ、ミオ〜！
「……まぁ」
「わぁお。あとで、ぜーんぶ教えてもらうからね！」
　先生が教室に入ってきたことで会話は中断。
　ミオが楽しそうな顔をして、私を自分の席に行くよう促す。
「もぉ、ニヤニヤしないでよ〜」
　私は唇を尖らせながら、席に着いた。
　そして、必然的に視界に映るのは、斜め前の席に座るうしろ姿。
　先生の話を聞いている間、その背中を見ながら、ぼうっとしていた。
　ホームルームが終わって、みんながわらわらと席を立つ。

そんな中、いまだぼうっと見続けていると、突然その背中が振り向いた。
「……！」
「色葉」
　いつもと変わらない表情で私に声をかけてきた大和は、「おはよ」と笑った。
「あ。あけましておめでとう、かな」
「……うん。あけまして、おめでとう」
「どした？　なんか元気なくない？」
　突然だったから、びっくりした。
　私は「大丈夫」と笑って返す。
　すると、担任がやけにニコニコしながら、こっちへ来た。
「佐伯、松本。いやー、クリスマスバザーのときは、お疲れ！　助かったよ。ふたりが委員やってくれて、よかったよかった」
　……押しつけたクセにね。
　まあ遅刻したワケだから、私も大和も、そんなことは言えないけど。
　そんな風に先生と大和と３人で話しながら、ふと横を見たとき。
　見えたのは、教室のうしろの方で私たちを見つめる、３人の女子だった。
　……あきらかに不機嫌な顔をしながら、口々になにか言い合っている。
「…………」

……イヤな、予感。
　会話の内容は聞こえないけど、だいたい予想はつく。
　『また、大和くんと話してる』とか、『王子とも仲いいのに』とか……かな。
「色葉？」
　ずっとそっちを見ていたからか、大和が不思議そうな顔をして私を呼んだ。
「あっ……ご、ごめん。なんでもない……」
　大和が「なんかあったの？」と言って、笑う。
「なんでもないよ」
　そう笑い返すだけで、精いっぱいだった。

「あ、松本さん！」
　そう先輩に呼び止められたのは、今まさに空き教室へ行こうと、昼休みに教室を出たときだった。
「えっ……な、なんですか？」
　びっくりして、立ち止まる。
　バザーで一緒だった２年の女子の先輩だ。
　うちのクラスに、なんの用だろう。
　大人っぽくてキレイな先輩は、「連絡が突然でごめんね」と手を合わせた。
「今からね、バザーの反省会をやるらしくて、委員会があるの。突然なんだけど、お昼ご飯食べ終わったら、会議室に来てくれない？」
　ええっ……ホントに突然！

「そ、そうなんですか……」
「ホントにごめんね！　先生が伝え忘れてたらしくて、私もさっき知ったの」
「い、いえ、私は全然いいんですけど……」
　空き教室へ行けなくても、バザー関係だったら純くんに会えるしね。
　……あ、でも。
　私は教室をぐるりと見まわして、大和の姿がないことを確認した。
「もうひとりの男子が今いなくて……探してから行きますね」
「ごめんね、ありがと！」
　そう言うと、先輩はバタバタと２年の階へと戻っていく。
　きっと１年１組から順番に、連絡してくれたんだろうな。
　うちのクラスが最後だから、あんなに疲れてたんだね。
　先輩、お疲れ様です。そして、ありがとうございます。
　先輩をお手本に、松本は大和を探しに走ります！
　変な使命感に駆られながら、私は教室を離れた。
　……とその前に、教室に大和と仲のいい男子がいたことを思い出して、教室に戻る。
「ね、大和って、どこに行ったの？」
　バリーの反省会があって、と言うと、男子のひとりが「自販機にジュース買いにいったよ」と教えてくれた。
「ありがとー！」
　教室を出て、自販機へと走る。急がないと、時間がない。

自販機は階段をおりて、昇降口の近くにあるから……廊下の角を曲がり、階段に向かう。
　階段の２段目に足を置いたとき、私は目を見開いた。
　……大和と、女子。
　ジュースの缶を持った大和と、ふたりの女子が、階段の踊り場に立っていた。
　……なんか、話をしてる。
　私はその場から動けなくなって、階段の２段目のところで立ったまま。
　呼ぼうにも声が出なくて、なにもできない。
　こんなところで見ていて、気づかれたらまずいのに。
　でも、気になってしまった。
　……女子の顔は、なんだか大和を責めるような、そんな表情。
「ねえ、あのウワサ、ホントなの？」
　……それって……！
　その声だけで、いったい、なにを話そうとしているのか、わかってしまった。
　きっと、私と大和のことだ。
　やだ、ウソでしょ。なんで、大和に訊いちゃうの……!!
「……ウワサ、って？」
　案の定、大和の声色は、困っているカンジ。
　きっと、教室へ戻ろうとしたときに、あの子たちに声をかけられたんだろう。
　運が、悪い。

ことごとく、悪い。

どうして、このタイミング？

どうして、私も出くわしちゃうんだろう。

「……色葉とのウワサ。ホントなの？」

ドクドクと、心臓の音がやけに大きく聞こえる。

ちょうど人通りもなくて、周りには誰もいない。

下の3人の会話だけが、響く。

「……色葉との、ウワサ？」

……ああ、やっぱり知らないんだ。

できれば知らないままで、いてほしかったのに。

……ああ、言わないで。

誤解(ごかい)だから。ちがうから。

お願いだから、それを大和に伝えないで……！

「……大和くんが、色葉のこと好きだっていうウワサだよ」

その言葉と同時に、その場が静まり返った。

……驚いているよね。

なにも、言えないんだよね。

ごめんね、ホントにごめんね。

私がしっかりしないから。私が逃げてばかりで、誤解を解くことができなかったから。

ホントに、ごめんね……。

「　ねえ、大和くん。色葉と、すごい仲いいよね」

女子の声が、この空間に響く。

「色葉と、中学一緒だったんでしょ？　そのときから、仲よかったって聞いたよ」

……もう、やめて。
　早く、大和を呼ばないといけないのに。
　会議室、行かなきゃいけないのに。
　なんで私の足は、動かないんだろう。
　なんで私の口は、開かないんだろう。
「……色葉のこと、好きなんでしょ？」
　後悔が、どんどん大きくなっていく。
　私、なにしてたんだろう？
　どうしてもっと早く、行動してなかったんだろう？
　大和はなにも言えないでいるのか、黙ったまま。
　女子はまるで問いつめるように、言葉を紡いでいく。
「……色葉も、ヒドいよねえ。絶対気づいてるのに。気づいてないフリしてさぁ」
　私の目に涙が浮かんできたとき、感情を押し殺したような、大和の声が聞こえた。
「……ちがうよ」
　思わず足が動いて、その姿を目に映す。
　私の方からは、大和の顔しか見えない。
　少しうつむいている大和は、もう一度「ちがうよ」と言った。
「……ちがうから、色葉のことは悪く言わないで」
　……なんで、そんなこと言うの？　なんで、私のことなんか、かばうの……。
　大和の言葉に、ふたりの女子は目を見開いて、顔を見合わせた。

「なにそれーっ? やっぱり色葉のこと好きなんじゃん!」
「隠さなくていいよぉ」
　女子の言葉に、大和がつらそうな顔をする。
「……だからっ……」
　彼にしては珍しい、苛立(いらだ)ったような声。
　そのとき、大和が、顔をあげた。
「……!」
　……目が、合ってしまった。
　どうしよう、気づかれた。
　私の顔を見て、見開かれる目。
　そして、その目はすぐに細められた。
　……え?
　大和は私から目を離し、女子たちに静かに「……ちがうよ」と言った。
「……色葉は、友達だよ」
　その声と表情に、私の目に涙が溜まっていく。
「なんとも、思ってないよ」
　……なんて、私は。
　私は、最低な人間なんだろう。
「……色葉が呼んでるから、行くね」
　え?という顔をする女子たちに小さく微笑んで、大和は階段をあがってくる。
　ふたりの女子は私に気づいて、目を見開く。
「ちょ……ちょっと、待ってよ! ウソでしょ!? 色葉がいるから……」

その言葉には耳を傾けずに、大和は私の腕をつかんで「行こうか」と言った。
「……泣かないでよ」
　耳もとでささやかれた言葉に、じわじわと視界がゆがんでいく。
　見ると、大和は私を見て、小さく笑っていた。
「で、なんかあったの？　呼びにきてくれたんでしょ？」
　ふたりで階段をあがり、歩きはじめる。
「……っ昼休みっ、バザーの、反省会をやるって……」
　ふるえる声で返事をした私に、彼は「もう時間ないね」と笑った。
　……笑わないでよ。
　まるで、『色葉はなにも気にしないで』って言っているみたい。
　……そんな表情は、ズルいよ。
『なんとも、思ってないよ』
　さっきの大和の声が、よみがえる。
　私の顔を見た瞬間に、大和は優しげに目を細めた。
　その、切なげな目で。
　その言葉を発したときの大和の表情に、私は、私が大嫌いになりそうだった。
　二度とさせたくなかった、あの表情で。
　……まるであのときの、ように。
　感情を押し殺したような目で、大和は表情に、陰を落としていた。

stage 8

二度目の後悔

　出会ったばかりの頃から、大和は優しい男の子だった。
　いつも周りのことを見ていて、周りのことを考えて行動して。
　周りに迷惑をかけるばかりだった私にも、優しく笑ってくれた。
　……優しすぎるくらい、優しい人だった。

「……なにしてんの、色葉」
　翌日の、朝。
　教室の、うしろで。
　ロッカーと棚の隙間をのぞきこんで、ミオはあきれた顔をした。
「……私のことは気にしないでください……」
　その隙間にうずくまる私に、ミオは「はぁ？」と、あからさまに声をあげた。
「遅刻しないできたと思ったら……朝っぱらから、なにしてんの。ついに頭おかしくなったの？」
　ミオの容赦ない毒舌。
　けれど、それに反論する気力のない私は、負のオーラを漂わせるばかりだった。
「……もう、それでいいよ……頭おかしいんだよ、私……」
「ホ、ホントにどうしたの!?　みんな、心配してるから！

朝から色葉はどうしたんだ？って、みんな言ってるから！」
　そんなの、わかってますよー……。
　私の様子を見て、楽しそうに笑っている人もいれば、本気で私の頭の心配をしてるんじゃないかってくらい、遠くから見ている人もいる。
　だってもう、消えちゃいたい。
　みんな、心配しないで。私の頭は、正常です……。
「アホかっ！」
　バシッという豪快（ごうかい）な音をさせて、頭を殴られた。
「い、痛い！」
「なにがあったか知らないけど、とにかく席に着け！　早く！」
　ミ、ミオ様……。
　豹変（ひょうへん）したミオに、ずるずると引きずられ、私は隙間から出された。
　もうすぐ先生も来る頃だから、仕方なく席に向かう。
　みんなが「どうしたの？」と言ってくれたけど、私は苦笑いしかできなかった。
　……私だって、こんなことしてもどうしようもないこと、わかってるんだけどさ。
　だって、だって……。
　席に着こうとしたとき、斜め前の席にいる背中……大和が、振り返った。
「……！」
　合う、目。

そして……それは、ふいっと逸らされた。
「…………」
　目を見開いて固まっていると、先生が教室に入ってきた。
「お、どうした松本ー、マヌケな顔して」
　先生の声に、クラスメイトたちが笑う。
「……私はもとから、こんな顔ですよ……」
　死んだような顔でそう返すと、さすがの先生も「そ、そうか」と言って教卓に立った。
　……やっぱり。
　私、大和に、避けられてる。
　朝、私が学校に来たとき、『おはよう』と言った。
『おはよう』と返してくれた。
　けれど、その目は、すぐに逸らされて、いつもの大和じゃなくて。
　私はショックで消えたくなって、あんな隙間にうずくまっていたんだけど。
　まさか、さっきみたいに、あんなに露骨に目を逸らされるとは思わなかった。
　あきらかに、私のこと避けてる。
　……昨日のこと、だよね。
　一緒にいたら、またウワサを立てられるって思ったんだろうな。

「……食欲、わかない……」
　昼休み。

お弁当を前にして、私はぐったりと机に突っ伏していた。
「……大丈夫ー？　お弁当持ってってさ、寝てきたら？」
　多分ミオが言っているのは、保健室じゃなくて。
「……純くん……と？」
　空き教室のこと、だ。
　昨日は結局バザーの反省会には間に合わなくて、純くんには会えなかった。
　……会うのは、バザーの日以来。
「…………」
　私はカタッと席を立った。
　ミオが私を見あげて、「行くの？」と言う。
「……うん」
「そっか。元気もらっておいで」
　ひらひらと手を振って、笑ってくれる。
　ミオは、優しいな。
「ん。……ありがとう」
　私はお弁当箱を持って、空き教室へ向かった。

　通路の扉を押すと、久々の景色が見えた。
　冬休みの間、来てなかったもんね。
「……純くーーん……？」
　いるの……かな。
　通路から出ようと、足を動かす。
　すると。
「……色葉？」

あ……っ！
「わぁっ」
　ドサッという派手な音を立てて、通路で転んでしまった。
「え、大丈夫!?」
　顔を上に動かして、見えた顔に、目がチカチカする。
「だ……だいじょーぶ……」
　いた……！　純くん、だ……。
　学校の王子様は、相変わらずのオーラをまとって、私の前に立っていた。
　……声に、驚いた。
　びっくりして、転んじゃった。
　はずかしいなぁと思いながら苦笑いしていると、純くんが笑いながら手を差しのべてくれた。
「なにしてんの？」
　……王子様だ。
　ホント……キラキラしてる、なぁ。
　優しく差しだされた手を取る。
　けれど、立ちあがらない私を見て、純くんは不思議そうな顔をした。
　徐々に、その顔が本気で『コイツ、頭大丈夫か？』という顔になる。
「……色葉、なに笑ってんの？」
「……ふふ……はは……」
「おい」
　純くんが私と目線を合わせて、私の顔をのぞきこむ。

「なんで、笑ってんの？」
　そう。私は、なぜか笑いだしてしまった。
「ふは……だってっ……」
「だって？」
「あはは……ヤだぁもう……」
「…………」
　ああもう、おかしいなぁ。
　ほら、純くんあきれてるじゃん。
　でも、笑いが止まらないんだもん。ヤだなぁ、もう、ヤだなぁ……。
「……色葉？」
「あはは……」
　視界が、ゆがむ。
　じわじわ、純くんの顔がゆがんでいく。
　私の顔を見ていた純くんは、ハッとして口を開いた。
「……泣いてんの……？」
　眉を寄せて、彼が私の目を見る。
「……ふ。泣いてないよ」
「泣いてるだろ」
「泣いてないって」
「バカ、べつに、ごまかさなくてもいいよ」
　……ヤだなぁ、もう。こんな自分が、すごくヤだなぁ。
　ずっと鼻をすする。
　出てくる涙を、袖でぬぐう。
　彼が私の目を見て、そして……抱きしめた。

優しく、包むみたいに。
「……泣いていいよ」
　唇を噛んで、目をつぶった。
　雫がぼろぼろと落ちて、彼の制服を濡らす。
「……ごめん……」
　なんでそんな、優しいの？
　なんでそんな、あったかいの？
「……いいよ。こらえてたんだろ」
　その言葉で、どんどん涙があふれてきた。
　くやしくて、涙が出るのがくやしくて、純くんの背中に手を回す。
　そして、ぎゅううと抱きついた。
「バカァ――……そんなん言われたら、泣いちゃうでしょぉ……」
　純くんが、ふっと笑う気配がした。
「もう泣いてんじゃん」
「もっと泣いちゃうでしょ？」
　うわぁぁんっと、子供みたいに声をあげる。
　ハイハイ、なんて言って、背中をさすってくれる余裕の純くんにムカついて、さらに強く抱きついた。
「苦しい苦しい」
「バカァ――……」
「ハイハイ」
　ハイは1回って、先生に習わなかった!?なんて、叫ぶみたいに言って、やっぱり「ハイハイ」と言われる。

彼の腕の中で唇を尖らせながら、けれど、次第に私は落ちつきを取り戻していった。
「…………」
　純くんの胸に頭を傾け、目をつぶる。
　……温かい。
　なんて、落ちつくんだろう。
　純くんは、私の頭を優しく撫でてくれた。
「……ごめんね……」
　今さらながら、この状況をはずかしいなと思いはじめた。
　突然笑いはじめて、突然泣きはじめて、抱きついてるんだから、そりゃ純くんも驚いたにちがいない。
「……いいよ。おもしろかったから」
「お、おもしろ……っ」
　それはちょっと、ヒドくないですか。
「笑いはじめたと思ったら、泣いてんだもん。ちょっと、おもしろかった」
　見あげると、優しい顔をして笑う純くんが見えた。
　その表情に目を細めながら、私は「あのね」と口を開いた。
「……この間、話した、ことでね」
　いろいろあってね、と言うと、純くんは「ああ、あれね」と困ったように笑った。
「色葉とウワサが立ってるってやつか」
「うん」
「そっかー……」
　……もうそろそろ、純くんの耳にも届いてるんじゃない

かな。
　純くんの周りには、女の子がいっぱい、いるんだから。
「……私が悪いの。ちゃんと向き合おうとしていなかったから」
　弱くなって、大和に甘えて。
　大和はいつも、こっちが不安になるくらい、人を気遣う。
　……優しすぎて、不安になる。ホントの気持ちを、押し殺してるんじゃないかって。
「……泣いて逃げてちゃ、ダメなのに……」
　目をつぶって、ぎゅっと手のひらを握りしめる。
　もう、どうしたらいいのかな。
　どうしたら、みんな苦しまなくて済むのかな。
　純くんは静かに、私の頭を撫でていた。
「……なぁ、色葉」
　顔をあげると、真剣な顔をした彼と目が合った。
「……今、言うのは、ダメかもしんないけど」
　……？
「……な、なに……？」
　なにを言おうとしてるんだろう……？
　純くんは一瞬、目を横に逸らして、そしてまた私を見つめる。
　……その頬は、少し赤くなっていて。
　自然に、心拍数（しんぱくすう）があがった気がした。
　彼の手のひらが、私の頬に触れる。
　……ああ、ドキドキして、おかしくなりそう。

そして、学校の王子様は、静かに口を開いた。
「……色葉が、好きだ」
　……その顔は、私の好きな、照れた顔で。
　目を見開いた私に、やっぱり大好きな笑顔で笑った。
「元気出してよ。いつも、なんも考えてなさそーな顔してるくせに。沈んでるの、らしくないでしょ」
　脳裏(のうり)に、あの言葉がよみがえる。
　頭上で聞こえた、あの言葉。
　私の頭を撫でながら、静かにつぶやいた、『好きだよ』っていう言葉。
　うれしい……。
　うれしくて、私の頬は赤みを増しているはずなのに、心の奥がチクチクと痛みだす。
「……色葉？」
　……なにか、言わなきゃ。
　『ホントに？』って。
　『うれしい』って。
　……『私も、好きなんだよ』って。
　ちゃんと、私の気持ちも言わなきゃ、いけないのに……。
　頭の中で回るのは、大和の苦しそうな顔。
　大和の、優しい笑み。
　私のためについた彼のウソを置き去りにして、私は純くんの気持ちに応(こた)えるなんて、できない。
　トン。
　私は純くんの胸を押して、その体から離れた。

「……あ……え……と……」
　動いてほしい、唇。
　もっとちゃんと、純くんに伝えなきゃいけないことがあるでしょう。
　なのに、なのに。
　やっぱり私の唇は、動いてくれない……。
　純くんは私を見て、小さく目を見開いた。
　そして眉をさげて、困ったように笑った。
「……ごめん。やっぱ、こんな色葉が弱ってるときに言うのはダメだよな。返事とか期待してるワケじゃないから」
　私の大好きな彼は、そのキレイな目を伏せ、眉を寄せて口を開いた。
「……ホント、ごめん。忘れていいから」
「……！」
　ちがう、ちがう！
　ちがうの、そうじゃないの。
　伝えたいのに、なんて言ったらいいのかわからない。
　言葉を探している間に、彼は立ちあがる。
「……もうすぐ、チャイム鳴る。……先に戻るな」
　そう言って、純くんは優しい笑みで手をひらひらと振った。
「……ホント、ごめん。忘れて」
　待って、と。
　言いたくて、口を開いたとき。
　彼とふたりだけのお城の扉は、私だけを残して、ガラガラと閉められた。

私の大切な人

　今が何時間目かも、わからない。
　私はしばらく、その場に座りこんでいた。
　けれど、あのステンレスの通路の扉が開かれる、キイッという音が響いて、私はハッとした。
「……色葉？」
　そう声がして、振り返る。
　そして、目を見開く。
　ミオが、眉を寄せて私を見おろしていたから。
　……えっ、なんで、ミオがここに!?
　長い沈黙の中、彼女は眉を寄せたまま口を開いた。
「……なにしてんの？」
　……えっ、あ、え、えーっと。
　さすがミオ様、考えてることをそのまま口に出したってカンジだ。
　怒ってるのか、いぶかしんでいるのか、よくわからない表情。
「……もしかして寝てただけ？　あたし、起こしちゃった？」
　あたしがさっきデカい音出したから、と言うミオに、
「あ、ちがう」と、あわてて言った。
　すると、『え、ちがうの？』という顔をされる。
　う、ええ、えーっと……。
「み、ミオは、なんでここに……？」

見あげると、ミオは「はぁ？」と、あからさまな声を出した。
「アンタがいつまで経っても、教室に戻ってこないからでしょーが。もう5時間目終わったわよ？　ついでに、6時間目も始まったわよ？」
　むっと可愛らしく頬を膨らませ、私を睨む。
「む、迎えにきてくれたの？」
「そーよ。寝ぼけてたら起こそうと思って。なにしてたの？」
　……そうだったんだ。ミオ……。
　私はごめんねと言って、へなっと笑った。
「……ぼーっとしてただけだから。なんか、動く気になれなくって。初サボリだなぁ」
　あははっと笑うと、ミオは静かに腰をおろした。
「……どーしたの？　王子は？　なんかあったんじゃないの？」
　じっと見つめられ、私は笑うのをやめた。
　……やっぱ、わかっちゃうよね。
　純くんはいないのに、私だけ、ここで座ってたんだから。
　私はミオから視線を外して、「どーしよう、ミオ」と声を出した。
　……ああもう、声がふるえる。
　目の奥が、熱くなってきた。さっき、泣いたばかりなのに。
「……純くん、傷つけちゃった……」
　好きだって、言ってくれたのに。
　元気出してって、言ってくれたのに。

「……私、なにも言えなかった。なに言ったらいいのか、わかんなかった」

　わかっているのは、素直に気持ちに応えることはできなかったってこと。

「……どういうこと？」

　眉を寄せるミオに、声をしぼりだして、私は言った。

「……好きって、言われた」

　彼女は目を見開くと、一瞬うれしそうな顔をしてから、私を見て、複雑そうな顔をした。

「……それで、アンタは、なんて言ったの？」

　……なにも、言えなかった。

「…………」

　私が黙っていると、「……そっか」と、小さくミオがつぶやいた。

「……大和くんね」

「…………」

　……言えるワケ、ないもの。

『私も好きだよ』なんて……言えるワケ、ない。

「……なに言ったらいいのか、わかんなかった。大和のこととか、いろいろ……どう言えばいいのか、わかんなくて」

　待ってて、なんて、言えない。

　ミオは静かに、私を見ていた。

　そして、私の目に涙が浮かんできたとき、彼女は目を伏せた。

「……傷つけちゃった。どうしよう……もう、イヤだった

のに。大和のときと、おんなじだ……」
　……また、なにも言えなかった。
　伝えたいことはたくさんあるのに、言えなかった。
　言いたいことのひとつも、口にできなかった。
　そうして、傷つけた。
　もう二度と、そんなことのないようにって、思っていたのに。
　純くんの、無理をした笑顔が、脳裏に焼きついている。
　忘れていいから、って。
　ちがうんだよ、うれしいんだよ。
　けど、でも……！
　謝りたいのは、私の方だ。
　後悔でいっぱいで、時間が戻せたらいいのに、と思う。
　純くんのあの切ない笑顔と、あのときの大和の顔が重なる。
　好きだと言ってくれた、ふたり。
　大切なんだ。
　すごく、大切なんだ。
　でも、私はなにも言えなかった。
　ふたりに、無理に笑顔を作らせてしまった。
　なんで、私はこうなんだろう。
　なんで、なんで……。
「なんで、大切な人、傷つけちゃうんだろう……」
　ごめんねって心の中で謝っても、意味はないのに。
　頬を伝う雫を、袖でぬぐう。
　……泣いてばっかり。

情けなくて、自分がイヤになる。
　静かに目を開けたミオが、じっと私を見た。
　そして、「……ねぇ、色葉」と口を開く。
「……なんであたしが、この間、怒ったかわかる？」
　……え……？
　それはこの前、はじめてケンカしたときのこと……？
　私が眉を寄せると、彼女は真剣な目をして、「あのね」と言った。
「……隠しごとされたのも、たしかにイヤだったけど。でも、それ以上に、色葉に信じてもらえてなかったのが、くやしかった」
　……どういう、こと……？
「……し、信じてるよ？　私、ミオのこと誰よりも信頼してるよ」
「うん。知ってる」
　じゃあ、どうして……。
　ミオの、さらさらの黒髪が揺れる。
　彼女のキレイな目は、まっすぐに私を見ていた。
　変わらない目。
　……私の大好きな、強くて凛とした瞳。
「色葉はあのとき、あたしを気遣ってくれたんでしょ？　それは、ちゃんとわかってる。けど、くやしかった。色葉にとって、あたしはそんなに頼りないのかなって」
　え……。
「そんなこと……！」

「わかってるよ。多分、無意識なんだろうね。そこが色葉のいいところだけど、短所でもあるかもしれないね」
　……？
　いまいちミオの言ってることがわからなくて、私は眉を寄せた。
　そんな私を見て、ミオは優しく微笑む。
「もっと、言いたいこと言っていいのよ。あたしのこと困らせるかもって思わないで、色葉の言いたいことを言って」
「…………」
　……でも……困らせるのは、イヤだ。私のせいで、迷惑をかけたくない。
「あたしにしても、大和くんにしても、王子にしても。色葉が大切に思ってくれてるように、色葉のこと、大切に思ってるの」
　……うん。わかるよ、わかるけど。
「遠慮しないで、ちゃんと言って。迷惑だとか、そんなこと、絶対ないんだから。考える前に、話してみて」
　……でも、それで重荷を背負わせちゃったらイヤだよ。
「……うまく言えないもん、私……傷つけちゃうかもしれない」
　ミオも、大和も、純くんも。
　自分が賢い方じゃないのはわかってるし、うまい言葉が見つからなくて、傷つけてしまうかもしれない。
　……大切だ。
　だから、傷つけたくない……。

納得いかない顔をした私を見て、ミオの顔もだんだん曇ってくる。
「傷つくかどうかなんて、言ってみなきゃわからないじゃない。大事なのは伝えることよ」
「で、でも……」
「だから！」
　突然出された大声に、肩がびくっと跳ねる。
　その顔を見あげて、私は目を見開いた。
　……ミオは、泣いていた。
「アンタが大切だって思うあたしたちは、そんなんで傷ついてヘコたれるような、そんな弱いヤツらなの!?」
「……！」
　……私、ホントバカかもしれない。
　そういう、ことだったんだ。
　ミオが言う、『信じてもらえなかった』『くやしかった』っていうのも。
　『頼りないのかな』って言うのも……。
「うまく言えなくてもいいの！　一生懸命、伝えてくれれば、それでいいの！　アンタの下手な言葉で傷つくほど、こっちは弱くないんだからね！」
　……そうだ。そうだよ、みんな、強いんだよ。
　私が大好きなみんなは、私が思ってるより、ずっと強い。
　きっと、私の下手な言葉でも、みんな一生懸命聞いてくれる。
　そうだよ、そうなんだ。

私ホント、大バカかもしれない。
「……ごめん……ミオ……」
　ぼろぼろと、涙が膝に落ちてくる。
「……っわかりゃいいの、わかりゃ！」
　普段あまり泣くことのないミオも、同じように泣いている。
　それがさらに私の涙腺をあおって、子供みたいに涙があふれてきた。
「……なんで、ミオが泣くのぉ～……」
「う、うるさいっ。だって、なんかもぉ、くやしいんだもん。バカァー……」
　ふたりで、うわーんと泣きじゃくる。
　なんだかバカみたいで、けれど一生懸命、私に伝えてくれたミオが、やっぱり好きだなと思った。
　彼女は涙をぬぐいながら、まだ涙の余韻が冷めない声で、「色葉」と言った。
「……泣いてるだけじゃ、ダメなんだよ。ちゃんと、言わなきゃ。アンタの言葉で、王子と大和くんに伝えなきゃいけないの。アンタのホントの気持ち」
　……うん。うん。
「……わかった……伝える。ちゃんと、言う」
　私が大好きなふたりだから、きっと受け止めてくれる。
　ウソも、無理した笑顔も、ないまんま。
　大好きなふたりに、私なりの『大好き』を伝えなきゃ。
　うまく言えないかもしれない。
　けど、きっと伝わる。

信じなきゃ。
　大和が私のためについてくれたウソも、純くんの優しさも全部、大好きだって伝えるんだ。
「……言えそう？」
　立ちあがると、ミオは私に手を差しのべてくれた。
「……うん。ありがとう、ミオ」
　笑うと、ミオも笑い返してくれた。
　ふたりで通路から空き教室を出て、6時間目が終わるまで資料室で過ごした。
　空き教室までの行き方、覚えてたんだねと言うと、ミオは得意げに『まぁね』と笑った。
　教室に戻ると、理紗ちゃんたちも心配してくれていたみたいで、また泣きそうになった。
　男子たちと話している大和をチラッと見ると、目が合って驚いた。
　向こうも驚いたみたいで、すぐにパッと顔を逸らされたけど。

「まずは、どうするの？」
　放課後、ミオと帰りながら、私は「えっとね」と7時間目に考えていたことを話した。
「先に、純くんに話しにいく」
　いちばんに、会いたい人だから。
　すごくすごく、大好きな人だから。
　強い目で言うと、ミオは「そっか」と言って微笑んだ。

「がんばれ」
「うん」
　家に帰り着いて、自分の部屋に転がる、枕を見つめた。
　無言でそれを持ち、押し入れの戸を開ける。
　その中にそれを押しこんで、大和からもらったウサギの抱き枕を出した。
　そして、ベッドに、ぽふっと落とす。
　じっと見つめて、私はひとり言のようにつぶやいた。
「……うん」
　大丈夫。
　まるで自分に言い聞かせるみたいに、心の中で、『うん、大丈夫』と繰り返す。
　ベッドへ寝転んで、抱き枕に顔をうずめた。
　……心地いい。
　きっと、大丈夫だ。
　私は目を細めると、そのままゆっくりと目を閉じる。
　……ああ、なんだか。
　久しぶりに、よく眠れそう。

大好きな王子様へ

「…………」
　おはようございます、松本色葉です。
　ただいま、2組の教室がある別館に、ひとりで来ています。
　いつもより早く起きて、こうやって廊下を歩いているのです、が……。
「…………」
　見られている。
　じろじろと、いろんな人に見られている。
　なんか見たことあるけど誰だっけ、みたいな視線！
　私、別館に行くことって、あんまりないから。
　そんなに知り合いもいないし、なんだか別世界みたいで、緊張する。
　さまざまな視線に耐えながら、私は目指す教室へ、ひたすら歩く。
　……今日は、なにがなんでも、弱くなっちゃいけないんだ。
　ミオが『ついていこうか』と言ってくれたけど、断った。
　ひとりでやらなきゃ、ダメな気がするから。
　ちゃんと私自身で、純くんと向き合わなきゃ、いけないから。
　ぎゅっと手を握りしめる。
　目的の教室が見えると、私の心臓の鼓動（こどう）も速くなった。
　ああもう、落ちつけ、私。

大丈夫だから。大丈夫だから、落ちつけ、私。
　ちゃんと、言うんだから。
　不器用でも、下手でも、言うんだから。
　きっと、大丈夫。
　純くんを、信じて。
　私の大好きな人を、信じて。
　教室のドアの前に立つと、ゆっくりと深呼吸をした。
　そして、何度も頭の中でシミュレーションした順序を、確認する。
　まず、そう、まずは彼の友達に、彼を連れてきてもらおう。
　もし、いないときは、私からお話があるから、また来ますとだけ伝えてもらって……。
　ふるえる手で、ドアに手をかける。
　そして、ぐっと力を込めたとき、教室のドアは私の驚きとともに開かれた。
「えっ……え、うわあっ」
「え？」
　ドアが開いたのは、私の力じゃなく、目の前の人の力によるものだった。
　開けようとしたら、向こうから開けられた。
　……誰？
　そう思い、見あげて、私は目を見開いた。
「…………」
　……私の頭の中にずっとあった、"彼"が目の前にいる。
　……なにか、言わなきゃ。

けれど、彼……純くんは、気まずそうに目を逸らした。
それを見て、ズキッと胸が痛む。
「……あ、えっと……」
なんて、言ったらいいのかな。
まさかの事態(じたい)に、頭が混乱する。
……ええい、迷ってる場合かっ！
純くん、と言おうとして口を開いたとき、彼の口も開かれた。
「……ごめん、通して」
……えっ。
静かにそう言うと、純くんは私の横をすり抜けて、廊下を歩いていく。
……ウ、ウソ。
ちょ、ちょっと待って……！
「……純に、用なのかな？」
うしろからクラスメイトらしい男の子が、苦笑いを浮かべて私を見ていた。
「あ……えっと……うん」
「そっか。アイツ、今日なんか機嫌悪くてさ。ごめんね、今、呼んでくるから」
……機嫌、悪くて……。
「待って！」
純くんの背中を追いかけようとしたその人を、呼び止める。
「ありがとう……けど、私、自分で行く」
ここで、誰かに頼っちゃダメなんだ。

彼は驚いたように私をじっと見つめたあと、「そっか」と言ってニッコリ笑った。
「……う、うん……ありがとう！」
私は、急いで駆けだした。
渡り廊下のところで、歩き続ける純くんの背中を見つけた。
呼び止めようと口を開く。
「純く……っ……」
……が。
純くんの背中が振り返って、私を見たとき、私の体は前に傾きはじめた。
……つっ、つまずいたーっ！
「……う、わぁっ……」
純くんがあわてた顔をして、手を広げる。
その中へ、勢いよく飛びこんだ。
——ドサッ。
「……あっ……ぶね」
頭上の声にハッとして、あわてて離れる。
「ごごご、ごめん！ ありがとう！」
は、はずかしーっ！
「……気をつけろよ、ホント」
そして聞こえた優しい声に、顔をあげる。
……ははっと笑う、純くんの顔が見えた。
きゅうぅっと、胸が締めつけられる。
純くんは優しく笑って、私に背を向けた。
そして、歩きだそうとする。

……ああ、行ってしまう。
　ちがうんだ、言いたいことが、あるんだ。
　優しい笑みを、くれるキミに。
　大好きなキミに、伝えなきゃいけないことがあるんだ。
「待って……！」
　純くんが、驚いた顔で振り返る。
　私はあわあわと動く口に任せて、勢いよく言葉を放った。
「じゅっ……純くんにお話があって、来たの……！　い、い、今、お時間ありますかぁ！」
　顔から火が出る勢いで、熱く感じるようで、けれど冷や汗まで出ているような気もする。
　喉の奥が詰まって、うまく息ができない。
「……うん」
　純くんは、そう言いながら、ポカンと私を見つめている。
　けれど、次の言葉を待つ余裕のない私は、どうにか伝えたいことを口からこぼすので精いっぱいだった。
「き、昨日は、ごめんねっ……！　その、あの、言わなきゃいけないことが、たくさんあったんだけど、私、どう言ったらいいのかわかんなくてっ……！」
　あああもう、こんな言い訳じみたこと、言いたいんじゃない。もっと、言わなきゃいけないこと、あるでしょ！
「あのね、純くんが言ってくれたこと、うれしかったの！　ホントだよ！」
　そのとき、純くんの目が一瞬、見開かれたのがわかった。
「……色葉」

「わ、私……うれしかった！　ホントは言いたいこと、あったんだけどね、でも、できなくて……」

　彼の言葉を聞くのが、怖い。

　勝手だけど、とにかく言いたいことを一気に言ってしまおう。

「ちょっと、いろいろ事情があって、今は言えないんだけど……絶対、言うから！」

　顔をあげて、今度こそ彼の目を見て言う。

　しっかりと伝わるように。

　彼に、この気持ちが伝わるように。

「わっ……私の気持ち、絶対言うから！　それまで……」

　……ワガママ、かもしれない。

　けど……！

「ちょっとの間、待っててほしい……！　純くんが、まだ昨日の気持ちを、私に持っててくれてるんだったら……絶対、私から言うから」

　少し、声がふるえてしまったかも。きっと、頼りない顔になってる。

　純くんは、ただただ私を見ているだけ。

「…………」

　……ち、沈黙。

「……純くん……？」

　やっぱり、無理なお願いだったかな。

　たしかに、昨日のことではあるけど、純くんの気持ちがもし、変わっていたら……。

すると、彼はおもむろに手をあげ、口もとを覆う。
　……あ。
　この、仕草は。
　私が目を見開くと同時に、純くんの顔が赤く染まっていった。
「……じゅん、くん」
「…………」
　そうして、目を横に逸らす。
　ドキドキと波打つ心臓を抑えながら、私を見ようとしない彼の目を、じっと見あげる。
　ごめんね、こんなときに不謹慎かもしれないんだけど。
　……なんだか、とっても可愛くて、うれしい。
「……ねえ、純くん」
　ゆるみそうになる頬をもとに戻して、1歩、彼に近づく。
　純くんはそれにビクッとして、さらに顔を赤くした。
　……ああ、もしかして。
　この気持ちが……愛しいって、やつ？
「待ってて、くれる……？」
　見あげた私の目に、純くんは、さらにうろたえながら、
「……バカ」
　と、つぶやいた。
「……色葉のクセに、生意気なことしてんなよ」
「なにそれ〜」
　ふふっと笑うと、純くんは私の頬を、ぐにっとつまんだ。
「い、いひゃい！」

「待っててやるから、その笑いやめろ！　ウザい！」
　ヒ、ヒドッ！
　でも今、『待っててやる』って、言ってくれた。
　やっぱり、優しい！
　純くんの手を顔から離して、思わず笑ってしまう。
「ありがとう！」
「うるさい」
　純くんは、赤い顔を不機嫌そうにしかめた。
「そんなに長い間は、待ってやらないからな」
「わかってるよー！　うれしい！　ありがとう！」
　……信じて、よかった。
　純くんを信じて、伝えてよかった。
　絶対、言うからね。
　私の気持ち、言うからね。
　どうかそれまで、王子様。
　待っていて、ください……。

「大和！」
　気合を十分に入れた私の第一声が放たれたのは、翌朝のことだった。
　驚いて振り返った大和の顔を、じっと見る。
「お話が、あります！」
　腰に手を当て、斜め前の席に座った大和を、びしっと指さす。
　ぎょっとしたように目を見開く大和は、よたよたと席を

立った。
　私たちの様子に、クラスメイトたちが、いぶかしげな顔で見守っている。
　さすがに、この教室で話をする気はない。
　けれど、人が見ている場で言った方が、大和も仕方なくでも、私についてきてくれると、思ったんだけど。
　……どうやら、その読みは、甘かったようで。
「……っ」
　大和はガタガタと音を立てて、素早く席から離れると、走って教室を出ていってしまった。
　……えっ、ええっ……！
　おっとりした大和にしては、異常なまでに早い行動。
　けれど、感心している場合じゃない。
　大和をそうまでさせているのは、他ならぬ私なワケで。
「え……ちょ、色葉と大和くん、どうしたの？」
　クラスの女子が、心配そうに私を見ている。
「……はは……」
　苦笑いを返すけど、正直、笑えない。
「……色葉」
　ミオは、"あらら"という顔をしていた。
　……うん、まあね。簡単にうまくいかないことくらい、わかってたさ。
「……いいよ、長期戦は覚悟の上！　ぜーったい、話してやるんだから！」
　大和……逃げてもいいけど、私はどこまでも、しつこい

んだからね。
　私は教室のドアを開けると、大和が走っていった方へ駆けだした。
　……もうひとりの、私の大切な人へ。
　私なりの大好きを、伝えよう。

数年越しの、初恋を

「……はぁ、はぁ……」
　……ひ、日頃の運動不足に祟られてる……。
　あれから、1時間目、2時間目が終わるたびに、大和と追いかけっこをしていたんだけど。
　結局つかまらなくて、今は昼休み。
　大和は教室でお弁当を食べずに、出ていってしまった。
　私は早々にお弁当を平らげ、大和を探しにきた。
　別館2階で男子たちと食べていた大和を発見して、やっと……と思ったら、まさかの逃亡。
　お弁当も途中でやめて、階段を駆けあがりだすものだから、思わず男子たちとポカンとしてしまった。
　そして、再度始まる追いかけっこ。
「……はぁ……」
　……見つからない。
　しかも、ちょっと……だいぶ、疲れてきた。
　どんだけ逃げ足、速いんだ、大和。
　てゆーか、ここまで大和に逃げられる私って……。
　尋常じゃない避けられっぷりに、なんだかショックが大きくなってくる。
　こ、ここまで、大和は私と話したくなかったなんて。
　……いや、もしかしたら、わかってるのかも。
　私が話すこと、きっとわかってるんだ。

だから逃げて逃げて、私があきれて、あきらめるのを待ってるんだ。
　でも悪いけど、私だって、そうはいかない。
　大和にばかりウソをつかせて、ごまかされて、そんなのは納得いかない。
　大和が私のためにしてくれたことは、私が受け止めて、返さなきゃいけない。
　……あ。
　階段を駆けあがり、ふと横に目をやると、別館の渡り廊下に大和の姿が見えた。
　……よーし。気づかれないよう、そっと近づいてやろう。
　渡り廊下に向かって、忍び足で走る。
　大和の背中を目にしたとき、バッとかなり速い動きで、大和がこっちへ振り返った。
　私の姿にぎょっとしている。そして、一目散に走りだす。
「ちょっ……」
　すぐに、その背中が遠ざかっていく。
　……ちょっと。もうホント、そろそろ限界なんですけど。
　私は手のひらをぎゅっと握りしめると、なかば睨みつけるように前を見た。
　……も――――っ！　怒った!!
「大和のどアホ――ッ!!」
　おそらく私史上最速なんじゃというほど、全速力で走る。
　もう、もう、限界っ！　追いかけっこ、限界っ！
　私をナメるのも、いい加減にしろーっ!!

廊下の壁で息をつく大和の姿を見つけ、今度は全力で階段をおりる。

それに気づくと、大和はまた逃げだした。

今度は、逃がさないんだからね!

「待て、こらぁぁあっ!」

大和に対して、こんなに声を荒らげたこと、はたして今まであっただろうか。

多分、人生の中で、ここまで滑稽な追いかけっこをするのも、これっきりだと思う。

だんだんと、大和の背中が近くなっていく。

「……っもう、なんで逃げるのっ、大和!」

背中に向かって叫ぶと、大和は「もう、僕と話さない方がいいんだよ!」と言った。

な、なにそれ!?

なんなの、まさか金輪際、ひと言も言葉を交わさないでいる気なの!?

「バカー! なに考えてんの! 私はねえ、べつにウワサなんか、どうでもいいんだから!」

「僕は、どうでもよくない!」

「こっ、こんなウワサで、大和と話せなくなるなんて、イヤ! ぜっったいイヤー!!」

本館の人気のない廊下を走りまわって、また渡り廊下を走って、別館の教室のない方へ。

息を切らしながらも、大和と一定の距離を保ちながら走る。

すると、大和が「僕なんかより、仲よくなるべき人がい

るだろ！」と叫んだ。
　仲よく、なるべき人？
「なにそれ!?　誰！」
「いるじゃん！　いちばん大事な人！　僕とウワサなんか立てられてたら、その人と、うまくいかないよ!?」
　思わず、目を見開く。
　なんで、知ってるの、大和？
　もしかして、そのことを考えて、こんな頑(かたく)なに私から遠ざかろうとしてるの？
　……もう、ホント、なんなの。
　なんなの、なんなの、なんなの！
「大和のバカー!!」
　前で走る背中が、ビクッと揺れる。
　私はぐるぐると頭の中を回る感情を抑えながら、口を大きく開いた。
「それで抑えつけた大和の気持ちは、どうなるの!?　大事な大和の気持ちは、どこ行くの！　私なんかより、ちょっとは自分のことも考えろバカー!!」
　……いつも、いつも。
　自分より、他人優先で。
　私を守るために、私の知らないところで、いろんな……ホントにいろんなこと、してくれた。
　でも、抑えつけた大和の気持ちは、どこへ行ったの？
　肩が、小さくふるえたのが見えた。そして、大和も口を開く。

「それは、色葉が大事だから！　僕がそうしたいって思ってやってるんだから、それでいいんだよ！　色葉は、なにも気にしなくていいっ……」
「それじゃダメなのー!!」
　そのとき、大和が驚いた顔をして振り返った。
　私の足が、床を勢いよく蹴る。そして、飛びこむのは……。
「え、ちょ、いろっ……」
　目を見開いて固まる、大和の背中。
「う……わぁぁっ」
　──バターーン。
　ふたりで、廊下に倒れこむ。
　大和が仰向けに倒れ、私は彼の上。
「いって……」
　大和は顔をあげると、うつむく私に向かって「なにしてんの！」と怒った。
「あぶないじゃん！　いきなり飛びこんでくるとか、なに考えてんの！　ケガない!?」
　こんなときでさえ、私の心配をしてくれるらしい。
　……もう、ホント、ムカつく。
「…………」
「ちょっと色葉、聞いてんの!?」
　大和の胸に顔をうずめ、彼のシャツを握りしめる。
　……もう、もう。
「……うるさい」
「は!?　いや、色葉が飛びこんでくるのが悪いんでしょ！

ケガしたらどうすんだよ！」
　……だって、逃げるから。大和が、逃げるから。
「…………」
「色葉!?　顔あげ……」
　そこで、大和の言葉が途切れた。
　ぎゅうっとシャツを握りしめる。
　大和は私を見て、静かに私の名前を呼んだ。
「……泣いてるの……？」
　私の肩が、ぴくっと揺れる。
「……泣いてない」
「じゃあ、顔あげてよ」
　……ああ、もう！
「あのねえ！」
　がばっと顔をあげ、涙をこらえながら、大和を見た。
「怒ってるんだからね、私は！」
　ムッとした顔をすると、大和は一瞬驚いた顔をして、くすっと笑った。
「うん」
「な、なに笑ってんだぁあ！　怒ってるの！　逃げてばっかの大和に、怒ってるの！」
　大和はじっと私を見て、そして目を下へ向けた。
「……うん。ごめんね」
　……目を、逸らさないで。私の目から、逃げないで。
「……謝らないで。私は、大和の気持ちが知りたいの」
　じっと見つめると、大和はやがて小さく笑って、ため息

をついた。
「……色葉は鈍感そうに見えて、結構鋭いよね。……ホント、余計なとこ気づくんだから」
　静かに、大和が体を起こす。
　私は大和の上からどくと、床に座りこんだ。
「……余計なことじゃないよ」
　なんで、そんなこと言うの。
　自嘲気味に笑う大和は、「余計なことだよ」と、つぶやいた。
「……色葉を、困らせる」
　思わず、目の奥が熱くなった。
　……なに、それ？
「……困らないよ。困るワケ、ないよ」
　そう言って、自分でハッとした。
　……そうだ、困ってたじゃない。中学のとき、大和が告白してくれた言葉に、私、困った顔をしたじゃない。
　……それで、あんな、大和に無理な笑顔を作らせて……。
「……色葉」
　大和が、私に手を伸ばす。
　私はぎゅうっと右手を握りしめると、左手で大和の手をつかんだ。
　……ごめんね。
　弱虫な私で、ごめんね、大和。
　でも……強く、なりたいんだ。
「……ごめん。でも私、大和にウソつかせたままにしたく

ない。……お願い」
　うまく、言いたいことも言えない。
　バカで弱虫な私だけど、強く思うことはあるの。
「……大和のこと、大切なんだよ」
　ぽろぽろと、涙が落ちる。
　大和は少しの間、黙って、そして、
「……ホント、カンベンして」
と言った。
　目を見開いて顔をあげると、大和は眉を寄せて私を見ていた。
「……僕、もう色葉を友達として見れないんだよ。わかってんの？」
　苦しそうな目に、ぎゅううっと胸が締めつけられる。
　私は静かに「うん」と言った。
「……私も、ホントのこと言うから。あのときの……気持ちも。ちゃんと、言うから」
　大和の、見開かれた目を見て言う。
　握った手から、手を離す。
　大和はその手で、私の涙で濡れた頬に触れた。……あの頃より、大きくなった手で。
　少し骨ばった、男の人の手で。
　だけど、変わらない体温。
「……色葉が、好きだ」
　あのときと同じ言葉を、彼は私に告げた。大好きな、優しい優しい笑顔で。

「……中3になって、色葉と話さなくなって、あきらめられると思ったんだけどね。……また会っちゃったら、もうダメだった」

　眉をさげて、大和が笑う。
　私の瞳からは、絶え間なく涙がこぼれる。
　でも、逸らさなかった。
　大和の目からは、絶対に目を逸らさなかった。
「……隠そうと、思ったのに。周りから見たら、バレバレだったのかな。ウワサなんか立てられて、ごめんね」

　ふるふると、首を横に振る。
　私だって、逃げてた。ウワサから、逃げてた。
　……大和から、逃げてた。
　大和は私の涙を袖でぬぐいながら、ホントの気持ちを話してくれる。
「……中学のとき、フラれちゃったけど。ごめん、あのとき言えなかったこと、言わせて」

　きっと私、今すごくヒドい顔をしてる。
　こんな状態で申し訳ないけど、私は一生懸命、首を縦に振った。
　大和は小さく笑いながら「あのね」と言う。
　……あの頃の、優しい笑みで。
「……僕と、付き合ってください」

　……ごめんね、大和。
　ごめん。
　あふれる涙を、許してください。

「……っぅ……ひっく……」
「泣くなよー」
　ぽんぽんと、大和が頭を撫でる。
　泣いてる場合じゃないのに。
　言わなきゃいけないこと、あるんだ。
　……あのとき、言えなかったこと。
「大和……あのね……」
　ぐっと上を向いて、涙を止める。
　少し涙が引いたところで、ぐいっと袖で目もとをぬぐった。
　そして、彼を見据える。
　まっすぐに、優しい目をした彼を。
　深く、息を吸って。
　２年越しの、想いを伝える。
「……私の初恋は、あなたでした」
　目の前の大和の目が、大きく見開かれた。
　私はまた出そうになる涙をこらえて、中３のとき、言うはずだった"返事"をした。
「あのときは……大和のこと、どう好きなのか、自分でもわかってなかった。友達として好きなのかもしれないし、ちがうかもしれないって。だから、曖昧な気持ちで、大和に返事をしたくなかった」
　言い訳でしかない、私の切ない後悔の思い。
　彼が許してくれるのなら、２年越しの私の初恋を、どうか、実らせてください。
「……でもね。今になって、思うの。あのときの気持ちは、

きっと恋だったって。ごめんね、気づけなくて。今さらだけど、伝えさせて」
　大和は苦しそうに眉を寄せて、私を見ていた。
　その目は、やっぱり大好きな彼の瞳で。
　優しくて、おだやかな、瞳。
　いつだってその目で、私のこと見ててくれたんだね。
「……好きになってくれて、ありがとう。……大好きでした」
　大和が、私に手を伸ばした。
　そして、強く、強く抱きしめる。
「……や、大和……っ」
「ごめん。今だけだから。ホント、ごめん……っ」
　大和の手の力が強くなって、私の瞳にも、また涙が浮かぶ。
　大切、だったんだ。
　ふたりで笑い合っていた、あの頃。
　この腕も、この声も、全部、全部憧れていた。
　ホントに、ごめんね。
　大好き、だったよ。
「色葉はホント、バカだよね」
　少しふるえた声が、耳もとで響く。
「……うん、自分でも思う」
「でもさあ、僕はそれ以上にバカなんだよね」
　大和は私の顔を見ると、どこか晴れ晴れとした顔で笑った。
「なんか、スッキリした。我ながら単純だよね。でもホントに、うれしいんだ。ありがと、色葉」
　……2年越しの私たちの恋は、実ることはなかった。

けれど心の中でもう一度、大好きでした、と告げる。
　もしかしたら実っていたかもしれない、そんな未来が、あったかもしれない恋に。
　少し成長した私たちが、ありがとう、と言う。
「もうホント、最高。大和」
　涙に濡れた目を細めて、めいっぱい笑うと、彼もいっぱいに目尻をさげて、笑い返してくれた。
「ありがと、色葉もね」
　大切な、大切な初恋の人へ。
　私なりの大好き、うまく伝わったかはわからないけれど。
　どうかいつまでも、優しい笑顔で、笑っていて。

私のひだまり

　大和と話をした、翌日。
　そう、ついに。
「い、言わなきゃ、いけないんだよね……」
　カタカタと、肩がふるえる。
　教室にて、松本色葉、昼休みへの緊張と恐怖でふるえております!!
「だいじょーぶだから！　ね、そんな、ふるえないの！」
　ミオが元気づけてくれるけど、やっぱり緊張するよー！
　だって、だって。
　私、待っててって。私から、言うからって。
　言っちゃったんだよー……！
　もうすぐ、4時間目が始まる。
　4時間目が終わったら、終わったら……！
「自分で決めたことでしょ!?　もっと、しっかりしなさい！ね、大和くん！」
　ミオの横を見ると、苦笑いを浮かべる大和の姿があった。
「……そうだね。待たせちゃってるんなら、行かなきゃね。がんばれ、色葉」
「うぅ……」
　あれから、大和とは普通に話せるようになった。
　ウワサのことはもう、お互い気にしないようにしようって。
　私からも、その……純くんと話をしたあと、ハッキリと

女の子たちに言うつもり。
　今度こそきっと、ためらわずに言えるはずだから。
　そのとき、4時間目開始のチャイムが鳴った。
「う、わぁぁ」
「ちょ、ちょっと、がんばりなさいよ！　ね！」
　バシバシと、ミオが私の背中を叩いて、席へと戻っていく。
　そ、そんなこと言ったって……！
　斜め横に目をやると、大和が優しく「がんばれ」と言ってくれる。
　私は両手を握りしめると、目を固くつぶった。
　……そう。大丈夫、大丈夫！
　信じてるんでしょう。優しい、ちょっと無邪気でイジワルな、王子様のこと。
　私、信じてるんだから……！

　ついに昼休みになって、私はできるだけ急いでお弁当を食べた。
　空になったお弁当箱を片づけ、いつもどおりミオに、「じゃあ、行ってくるね」と言う。
　ミオは優しい笑みで、「いってらっしゃい」と返してくれた。
　その笑顔はとってもキレイで可愛くて、私は思わず抱きついちゃったんだけど。
『抱きつく相手、ちがうでしょ』と言われて、顔が熱くなった。

……もぉ、ミオのバカー！
　廊下を走りながら、そんなことを思い出した。
　……でも私、ミオにたくさんたくさん、叱ってもらって、元気づけてもらった。
　最高の、親友だよ、ミオ。
　ふふっと、無意識に笑みが浮かぶ。
　大切な人が、いっぱいいるんだ。
　大好きな人が、いっぱいいっぱいいるんだ。
　みんなに大好きだって言うことは、難しいかもしれないけど。
　けど、かけがえのない人たちがたくさんいるって、とっても幸せなことだ。
　私は資料室の扉を開けて、中へ入る。
　机の下へもぐりこんで、壁を押した。
　……いつもお世話になっている資料室だから、今度、掃除をしてみようかな。
　いつも、ありがとうございますって。
　大切な人に会わせてくれて、どうもありがとうって。
　銀色の通路を四つんばいになって通るのも、行き止まりの壁を押すのも。
　すべては、彼に会うために。
　——キィ。
　いつものように、扉を開く。
　冬の冷たい空気が、空き教室を包んでいる。
　私は、はやる気持ちを抑えて、口を開いた。

「……純くーん……」
　いる、かな。
　床に足をつけて、奥を見る。
　大好きなその姿が見えなくて、不安になった。
　けれど少し歩くと、机に寄りかかって眠る彼の姿が目に映った。
　……キレイな、寝顔。
　しゃがんで、その顔をのぞきこむ。
　肌、キレイ。
　まつ毛、長い。
　周りに薔薇なんか生やしたら、眠り姫ならぬ眠り王子……なんてね。
　出会ったときにも思ったことを、また思う。
　その寝顔をじっと見つめていると、なんだか、このままの関係でもいいような気さえしてくる。
　いや、ダメなんだけどさ。
　なんかこう、ずっと見ていたくなるっていうか。
「…………」
　規則正しく聞こえてくる寝息に耳を澄ませて、私は目を閉じた。
　……ああ、眠ってしまいそう。
　心地いいな。
　すっごく、安らぐ。
　この感覚、なんだか、なつかしいな。
　……そうだ、幼い頃に過ごした、書斎で感じていた気持

ちだ……。
　静かに目を開けて、もう一度、その姿を見つめた。
　……ああ、見つけたかもしれない。
　涙が出てくるほどに、心地よい、温かなもの。
　私はドキドキ脈打つ心臓と、いてもたってもいられない感情のままに、唇を動かした。
「……私のひだまりに、なって」
　おもむろに顔を近づけ、その頬にキスを落とす。
　不器用に、ほんの少しの間だけ。
　唇を離すと、ぼうっとした頭が、彼を好きだと訴えてくる。
　ねえ、早くその目を開けてよ。
　そしてその腕で、抱きしめて。
　きっと心地よくて、寝てしまうから……。
「……それだけ？」
　……え？
　突然、聞こえた声に、私は目を見開いた。
　そして、ぐいっと顔を近づけられる。
　えっ、えっ……!?
「なんで、それだけなの？」
　視界に広がったのは、ニヤッと笑って私の目を見つめる、純くんの顔。
「え、えっ……!?　起きてたの!?」
「そんなことはいーから。ね、これだけ？　口にはしてくれないの？」
　ちょ、ちょっと、ウソでしょ。

コイツ、起きてたのー!?
「し、ししし、しないよ!」
「えー?　なんで?」
　なんでって……!
　頬へのキスを気づかれてたこと自体、はずかしすぎて、やばいよ!!
　純くんはさらに私に顔を近づけて、ますます、あやしく笑った。
　顎に手を添えられ、目が合う。
　ド、ドドっ、ドS……!!
「む、むむ無理です……!」
　キレイな顔、近いよー!
「いいじゃん、ね?」
　よくなーい!
　涙が出そうになるのを抑えて、彼の目を見つめる。
　……キレイな目だ。
　王子様の目は、こんなにもキレイ。
「……そんな目されると、こっちから、したくなるんだけど」
　え、ええっ?
　相変わらず口もとには笑みが浮かんでいて……や、やばい、食われる!
　どうしていいのかわからなくなって、結局、私がした判断は、『食われる前に食ってしまえ』だった。
「……っ」

覚悟を決めて、彼の目を見る。
「……め、目ぇ、つぶって」
　そう言うと、彼は一瞬、目を見開いたあと、ふっと笑って目を閉じた。
　長いまつ毛が、視界に映る。
　私はもう、頭から火を吹きそうなほど、キャパオーバー寸前。
　なんだかもう、これは現実なのかな。
　王子様はやっぱりドSだし、はずかしいし、うれしいような、苦しいような。
　でもでもやっぱり、気持ちはひとつしかないから。
　私はそっと、王子様の唇に、自分のそれを近づけた。
　ド、ドキドキがやばい……！
　キスって、どーやるのっ？
　わ、わかんないよ――!!
　ふわっと、やわらかな感覚とともに、唇を重ねた。
　できた、って思ったのに、さらに心臓の鼓動が速くなってくる。
　こ、こんなので、いいのかなっ？
　もう無理――っ！
　耐えられなくて、すぐに離す。
　静かに目を開ける彼に、混乱する頭をどうにか動かして、口を開けた。
　……これ以上ないほど、脈打ってる心臓。
　頭の芯が熱くって、どうにかなりそう。

その勢いに任せて、私は声を出した。
　もう、どうにでもなれっ……！
「じゅっ、純くんが、好きです！」
　思わず、目をつぶってしまった。
　恐るおそる、目を開ける。
　……そこには、まっ赤な顔をした彼の姿があった。
　胸がギューッて締めつけられて、痛いくらい。
　私、純くんが照れてるの、ものすごく好きかも。
「……じゅ、んくん」
「……い、今、それ言うか……？　普通……」
　だ、だって！
　タイミングを求められても、私には言うことだけで精いっぱいというか……！
「あー、もう……すぐ赤くなるの、どうにかしたい……」
　顔を手で覆った純くんは、はずかしそうに目を閉じた。
　私はそんな彼に愛おしさを抱いて、
「かっ、可愛いと、思います」
　と言ってみた。
　……あ、失敗だったみたい。
　純くんは肩をぴくっとさせて、目を開けた。
「……ちょーし、乗るな。色葉のクセに」
　突然、頬に手を添えられて、心臓が飛び跳ねる。
　そして見えたのは、イジワルな笑みを浮かべた彼。
「好きってさぁ……どこが？」
「えっ……えっ」

「ちゃんと言ってよ」
　ひいいい……！
　も、もう無理！　無理！　無理です！
　今度こそ半泣きになりながら、目を逸らして、思いつくことを精いっぱいに口にした。
「や、優しくて……」
「……これが、優しいの？」
　ふっと、ますますイジワルに目を細めて、彼が私の顎に手を添える。
　すごい速さで心臓が跳ねていて、そろそろ、どうにかなるんじゃ……。
「わ、私が落ちこんでるときとか、元気づけてくれて……」
「……うん」
「笑顔が……素敵です……」
　純くんが、「ぷっ」と笑う。
「わ、笑わないでよぉ！」
「あ、いや、ごめん。続けて？」
　くっ……笑いをこらえているのが、ムカつく。
「……あとは……」
　彼の目を見つめて、私は言った。
「抱きしめてくれたとき、すごくあったかい」
　だってもう、安心してしまうもの。
　この腕の中で眠れたら、どれだけ幸せだろう、って。
　純くんは驚いた顔をしたあと、優しく笑った。

「……寝る?　一緒に」
　私はちょっとだけうつむいて、小さくうなずいた。
　すぐに、彼の腕が腰に回る。
　ギュウッと抱きしめられて、優しい温かさが、体中に伝わった。
「……好き……待たせて、ごめんね」
　ぎこちなく腕を回すと、「いいよ」と笑ってくれた。
「……俺も、好きだよ」
　どくんっと心臓が鳴ったとき、ちゅっと軽くキスをされた。
　かぁっと顔が赤く染まる。
　……夢みたい。
　ホントに、ホント?
　好きって伝えたら、好きって返ってくる。
　すごい、キセキ。
　……こんなにも、幸せなものなんだね。
「……ずっとここで、眠っててよ」
　……ああ、私の王子様。
　私は静かに目を閉じて、その心臓の音を聞いた。
　少し鼓動が速くて、彼に気づかれないように小さく笑う。

「……大好き」

　どうか、どうか。
　ひだまりのような、その温かさで。
　この空間を、キミと私の、ひだまりのお城にしよう。

キミの腕の中で、眠るから。
いつまでも、ずっと。
私はキミだけの、お姫様になりたい。

　　　　　　　　　　　　　　　　END

あとがき

こんにちは、相沢ちせと申します。
このたびは、『新装版 眠り姫はひだまりで～私だけが知っている、人気者な彼の甘い素顔～』をお手にとっていただき、誠にありがとうございます！

天然な眠り姫・色葉とイジワル王子・純の、あったかくてドキドキなヒミツの恋、いかがでしたでしょうか。

『眠り姫はひだまりで』は、私が初めて書いた小説であり、初めて文庫化していただいた作品でもあります。そのぶん思い入れも強く、こうして新装版として再び書店に並べていただけることに、感謝の気持ちでいっぱいです。

発売当時、読んでくださった方も、今こうしてお手に取ってくださっているあなたにも。胸キュンしたりニヤニヤしたり、楽しんでいただけていたら嬉しいです。

また、この作品では、たびたび『ひだまり』という言葉が出てきます。
まるでぽかぽか陽気のようにあったかくて、一緒にいると心地よい。ふたりきりの教室、そんなひだまりのような王子様のとなりで眠れたら……とっても幸せですよね。

皆さまにとっての『ひだまり』は、どのような存在でしょうか。
　家族や友達、恋人……いろいろありますよね。
　そんな、大好きな人がそばにいてくれるというのは、当たり前のようで実は奇跡みたいなことだと思います。大好きな人がそばで笑ってくれる、その奇跡に感謝して、日々を過ごしていきたいです。

　最後になりましたが、新装版の発売にあたって大変お世話になりましたスターツ出版の方々。
　色葉たちをとても素敵に描いてくださった、奈院ゆりえさま。
　そして、いつも応援してくださる読者の皆さま。この物語に関わってくださったすべての方に、心より感謝申し上げます。

　どうかあなたと『ひだまり』が、いつまでも笑っていられますように。

2019年4月25日　相沢ちせ

作・相沢ちせ（アイザワ チセ）
愛媛県在住の学生。好きな季節は夏。1日中ゲームしていたい今日この頃。2014年に『眠り姫はひだまりで』で書籍化デビュー。主な作品に『キミじゃなきゃダメなんだ』、『青に染まる夏の日、君の大切なひとになれたなら。』などがある（すべてスターツ出版刊）。現在はケータイ小説サイト「野いちご」にて活動中。

絵・奈院ゆりえ（ナイン ユリエ）
6月12日生まれ、福岡県出身。趣味は映画鑑賞とカフェ巡り。代表作に『お嬢と東雲①～③』（フレックスコミックス）、『今からあなたを脅迫します』原作・藤石波矢（講談社）など。

ファンレターのあて先

♥

〒104-0031

東京都中央区京橋1-3-1

八重洲口大栄ビル7F

スターツ出版（株）書籍編集部 気付

相沢ちせ先生

本作は2014年9月に小社より刊行された「眠り姫はひだまりで」に加筆・修正をしたものです。

この物語はフィクションです。
実在の人物、団体等とは一切関係がありません。

新装版　眠り姫はひだまりで
〜私だけが知っている、人気者な彼の甘い素顔〜

2019年4月25日　初版第1刷発行

著　者	相沢ちせ
	©Chise Aizawa 2019
発行人	松島滋
デザイン	カバー　金子歩未（TAUPES）
	フォーマット　黒門ビリー&フラミンゴスタジオ
DTP	久保田祐子
編　集	長井泉
編集協力	ミケハラ編集室
発行所	スターツ出版株式会社
	〒104-0031　東京都中央区京橋1-3-1　八重洲口大栄ビル7F
	出版マーケティンググループ　TEL03-6202-0386
	（ご注文等に関するお問い合わせ）
	https://starts-pub.jp/
印刷所	共同印刷株式会社
	Printed in Japan

乱丁・落丁などの不良品はお取替えいたします。上記出版マーケティンググループまでお問い合わせください。
本書を無断で複写することは、著作権法により禁じられています。
定価はカバーに記載されています。

ISBN 978-4-8137-0664-9　C0193

ケータイ小説文庫　2019年4月発売

『幼なじみの榛名くんは甘えたがり。』みゅーな**・著

高2の雛乃は隣のクラスのモテ男・榛名くんに突然キスされ怒り心頭。二度と関わりたくないと思っていたのに、家に帰ると彼がいて、母親から2人で暮らすよう言い渡される。幼なじみだったことが判明し、渋々同居を始めた雛乃だったけど、甘えられたり抱きしめられたり、ドキドキの連続で…!?

ISBN978-4-8137-0663-2
定価:本体590円+税

ピンクレーベル

『俺が意地悪するのはお前だけ。』善生茉由佳・著

普通の高校生・花穂は、幼い頃幼なじみの蓮にいじめられてから、男子が苦手。平穏に毎日を過ごしていたけど、引っ越したはずの蓮が突然戻ってきた…! 高校生になった蓮はイケメンで外面がよくてモテモテだけど、花穂にだけ以前のままの意地悪。そんな蓮がいきなりデートに誘ってきて…!?

ISBN978-4-8137-0674-8
定価:本体590円+税

ピンクレーベル

『新装版　眠り姫はひだまりで』相沢ちせ・著

眠るのが大好きな高1の色葉はクラスの"癒し姫"。旧校舎の空き教室でのお昼寝タイムが日課。ある日、秘密のルートから隠れ家に行くと、イケメンの純が! 彼はいきなり「今日の放課後、ここにきて」と優しくささやいてきて…。クール王子が見せる甘い表情に色葉の胸はときめくばかり!?

ISBN978-4-8137-0664-9
定価:本体590円+税

ピンクレーベル

『ずっと消えない約束を、キミと』河野美姫・著

高校生の渚は幼なじみの雪緒と付き合っている。ちょっと意地悪で、でも渚にだけ甘い雪緒と毎日幸せに過ごしていたけれど、ある日雪緒の脳に腫瘍が見つかってしまう。自分が余命僅かだと知った雪緒は渚に別れを告げるが、渚は最後の瞬間まで雪緒のそばにいることを決意して…。感動の恋物語。

ISBN978-4-8137-0665-6
定価:本体580円+税

ブルーレーベル